O PRESÍDIO
DAS ILUSÕES REAIS

PEU DELL'ORTO

Copyright © 2023 by Editora Letramento
Copyright © 2023 by Peu Dell'Orto

Diretor Editorial | Gustavo Abreu
Diretor Administrativo | Júnior Gaudereto
Diretor Financeiro | Cláudio Macedo
Logística | Daniel Abreu
Comunicação e Marketing | Carol Pires
Assistente Editorial | Matteos Moreno e Maria Eduarda Paixão
Designer Editorial | Gustavo Zeferino e Luís Otávio Ferreira
Ilustração da capa | Julia Dell'Orto
Diagramação | Renata Oliveira
Revisão | Camila Araujo

Todos os direitos reservados. Não é permitida a reprodução desta obra sem aprovação do Grupo Editorial Letramento.

Dados Internacionais de Catalogação na Publicação (CIP) de acordo com ISBD

D358p   Dell'Orto, Peu

O presídio das ilusões reais / Peu Dell'Orto. - Belo Horizonte, MG : Letramento ; Temporada, 2023.
150 p. ; 15,5cm x 22,5cm.

Inclui bibliografia.
ISBN: 978-65-5932-282-4

1. Literatura brasileira. 2. Ficção. 3. Autoconhecimento. 4. Percepção. 5. Realidade. 6. Presídio. 7. Ilusão. 8. Mente. 9. Eu. 10. Ego. 11. Verdade. 12. Panóptico. 13. Vigilância. 14. Controle. 15. Corpo. 16. Neurologia. 17. Filosofia. 18. Química. 19. Física. 20. Existencialismo. 21. Distopia. 22. Fantasia. 23. Ciência. I. Título.

CDD 869.8992
CDU 821.134.3(81)
2023-730

Elaborado por Vagner Rodolfo da Silva - CRB-8/9410

Índice para catálogo sistemático:
1. Literatura brasileira : Ficção 869.8992
2. Literatura brasileira : Ficção 821.134.3(81)

GRUPO ED. **LETRAMENTO**

Rua Magnólia, 1086 | Bairro Caiçara
Belo Horizonte, Minas Gerais | CEP 30770-020
Telefone 31 3327-5771

TEMPORADA
é o selo de novos autores do
Grupo Editorial Letramento

editoraletramento.com.br • contato@editoraletramento.com.br • editoracasadodireito.com

AGRADECIMENTOS

À minha família, por todo apoio e inspiração, especialmente, Leonardo, Silvia, Julia, Caio, Eleonora e Silvania.

Ao meu orientador, Djalma Thürler, que me guiou nesta intensa aventura com muita leveza e generosidade.

Às professoras Karla Brunet e Edilene Matos, cujas vozes estarão sempre presentes em meus pensamentos.

Aos membros da banca de doutorado, Felipe Milanez, Helder Thiago Maia, Maurício Matos e Walcler Junior, pela excelente leitura crítica.

Ao Instituto de Pesquisas Ambientais e Humanidades (IPAH) e seus integrantes, pela história fantástica que construímos juntos.

Aos amigos que me inspiram, em especial, Cindi Lessa, Dani Romero, Leonardo Sanjuan, Marcela Reuter, Milena Palladino, Mirela Boullosa, Nane Sampaio, Nelson Vilaronga e Renata Baptista.

O presente trabalho foi realizado com apoio da Coordenação de Aperfeiçoamento de Pessoal de Nível Superior Brasil (CAPES) - Código de Financiamento 001.

SUMÁRIO

9   **PREFÁCIO**

15   **PRÓLOGO: O PRISIONEIRO QUE NÃO SABIA QUE ESTAVA NA PRISÃO**

31   **1. DIÁRIO DAS ILUSÕES REAIS**
52   1.1. ESPELHO DE NARCISO
107   1.2. SINFONIA DO CORPOMÍDIA
123   1.3. IMPLOSÃO DOS MUROS DAS ILUSÕES REAIS

145   **REFERÊNCIAS BIBLIOGRÁFICAS**

PREFÁCIO

A REPROGRAMAÇÃO DESCOLONIZATÓRIA ENQUANTO EXPRESSÃO SEXUAL DA SUBJETIVIDADE 'DHISTÓRICA'

Djalma Thürler[1]

No contexto de um eurocentrismo persistente, sobretudo no meio acadêmico, estudiosos e profissionais interdisciplinares apelam cada vez mais aos "saberes de desaprendizagens" (THÜRLER, 2018) nas suas respectivas áreas.

Ao olhar para esse conjunto epistêmico de desaprendizagem, que inclui a Teoria Queer, as Teorias Decoloniais, Subalternas, Feministas, Transfeminsitas e Arruaceiras, podemos considerar que a arte produzida sob essa perspectiva pode não tratar apenas das dissidências sexuais e de gênero,

---

[1] É Investigador do NuCuS - Núcleo de Pesquisa e Extensão em Cultura e Sexualidade (UFBA), Investigador Pleno do do CULT - Centro de Pesquisa Multidisciplinar em Cultura, da UFBA, Investigador Associado do CLAEC - Centro Latino-Americano de Estudos em Cultura e Investigador Colaborador do ILCML - Instituto de Literatura Comparada Margarida Losa, da Universidade do Porto (Portugal). É especialista em gestão e políticas culturais pela Universidade de Girona (ESP), Professor permanente do Programa Multidisciplinar de Pós-Graduação em Cultura e Sociedade e Professor Associado III do IHAC/UFBA. É Doutor em Letras com estudos nas áreas de Literatura Brasileira e Teatro (UFF).

ou até mesmo não ser produzida por essas dissidências, mas sempre colocará em crise os modos de subjetivação dominantes, em busca de uma "subjetividade flexível", como pensou Rolnik (THÜRLER, 2021, p. 25-26).

No entanto, os desafios da desaprendizagem eficaz vão muito além da intransigência intelectual, já que a colonialidade é, em si, fenômeno complexo e diversificado e está ligado a uma multiplicidade de experiências históricas, atores e contextos que devem ser levados em consideração quando se procura compreender a diversidade de reivindicações e experiências por trás dos apelos unificados à decolonização do mundo de hoje, cada vez mais encarada numa perspectiva histórica e comparativa.

O eurocentrismo, a contínua opressão dos povos subalternizados em nome das teorias da supremacia do "lixo hetero-capital" (DESPENTES, PRECIADO, 2021, p. 10), as armadilhas do universalismo, a materialidade persistente da colonialidade ou, mais genericamente, a necessidade de enfrentar o lado cruel da modernidade ocidental, tudo isto tem sido discutido por estudiosos e ativistas.

Seus instrumentos de ensino, metodologia de investigação e epistemologia, suas ações estético-políticas, para reexaminarem os vestígios de práticas da marafunda e carrego moderno colonial" (RUFINO, 2019, p. 74) – como prefere chamar Luiz Rufino, a colonialidade – mudaram as lentes através das quais o público em geral vê o legado do colonialismo nas sociedades ocidentais, onde os artefatos coloniais ainda são visíveis e frequentemente celebrados em nomes de rua, estátuas ou objetos de museu.

Hoje, no campo da ciência interdisciplinar, cada vez mais observamos um interesse renovado pela decolonialidade, que em nosso entendimento pode significar a recuperação da natureza complexa, como pensada por Morin (*apud* PENA-VEGA, 2014), híbrida e plurivocal que foram injustamente apropriada pelos estudiosos ocidentais, especialmente durante o "carrego colonial" (SIMAS; RUFINO, 2019, p.6), quando as ideologias heteroracistas permitiram um roubo intelectual substancial e o seu consequente desencantamento.

Assim, o legado do colonialismo é visto como "espectro de terror, política de morte e desencanto que se concretiza na bestialidade, no abuso, na produção incessante de trauma e humilhação, é um corpo, uma infantaria, uma máquina de guerra que ataca toda e qualquer vibração em outro tom" (idem, p. 12) e ainda prevalece em muitos contextos não coloniais, onde ajuda a perpetuar a opressão e a exploração.

Esse debate é importante, uma vez que privilegia questões epistemológicas fundamentais associadas ao questionamento legítimo de que "existe vida inteligente para além do hétero-planeta" (DESPENTES, PRECIADO, 2021, p. 10) e, nesse sentido, muitas vozes têm sublinhado a necessidade de desenvolver uma abordagem interseccional das metodologias de investigação que tenha em consideração a forma como a raça, o gênero, classe ou a nação interagem na concessão de legitimidade (ou não) a uma variedade de temas e práticas de conhecimento, de modo a evitar a reprodução de assimetrias – de ser, poder e saber – que são demasiadas vezes deixadas inquestionáveis mesmo por ideologias progressistas.

Os saberes de desaprendizagens, ao recolherem contribuições de estudiosos cujos interesses de investigação são amplos e variados, tem em Peu Dell'Orto e o seu "O presídio das ilusões reais", uma das mais criativas configurações interdisciplinares da academia atual. No afã em decolonizar conhecimentos, instituições, hábitos e línguas, promove formas alternativas de conhecimento, restaurando a autoridade epistêmica dos saberes marginalizados e dos seus sistemas de conhecimento

Dell'Orto adapta sua tese doutoral e através de um personagem ficcional relata suas pesquisas e experiências na ânsia de compreender o seu corpo colonizado pelas estruturas de poder existentes e reprogramá-lo, decolonialmente, para a autonomia, e ao fazê-lo, evita cacoetes e hierarquias acadêmicas antiquadas como, também, escapa do risco de compreensão acerca da posicionalidade do intelectual – que é fluida e contextual – com atribuições fixas de etnicidade ou gênero.

Para enfrentar as desigualdades persistentes que permanecem como legados da experiência colonial, Dell'Orto, ao creditar às mídias visuais e sonoras importante papel na construção de referências sobre a realidade, entende, por contraponto, sua importância na fabulação de 'dhistórias', aquelas capazes de "enaltecer personagens miúdos e apagar os gigantes", conforme afirma a certa altura de seu livro.

Assim, um ato de "reprogramação descolonizatória" estaria associado à ideia de desobsediar, como pensado por Rufino (2020, p. 125) e, consequentemente, ao aparecimento de sujeitos outrora excluídos do cânone identitário. A potência de políticas de subjetivação 'dhistóricas' – para além das conquistas políticas que os discursos identitários alcançaram –, destaca o autor, tem como ponto de partida a desidentificação, "desidentificar-se do que o ego reconhece como si mesmo é um meio para se conectar com a rede de subjetividades sem fronteiras frontispícias".

Por fim, o objetivo dos esforços da "reprogramação descolonizatória", proposta por Dell'Orto, não é fazer com que as pessoas com identidades cisheterossexuais se sintam culpadas, mas compreender melhor a política e as dinâmicas de poder que estamos inseridos: o que fazemos e como o fazemos; de onde e como a cultura é produzida e legitimada, por quem, e com que efeito.

Essa reprogramação exige que levemos a sério as relações de poder que moldaram a atual ordem mundial, enredada com o nosso presente e que continuamos a sustentá-la, seja nas estruturas, instituições e relações. É tempo de colaborar na construção e promoção de práticas de desaprendizagens e "O presídio das ilusões reais" faz a sua parte, quando levanta o questionamento de legados históricos e formas dominantes, mas também quando enaltece o "devir dos corpos fluídos" como singularidade da expressão sexual da subjetividade dhistórica.

REFERÊNCIAS BIBLIOGRÁFICAS

DESPENTES, V.; PRECIADO, P. B. Prólogo. In: ZIGA, I. **Devir Cachorra**. São Paulo: Crocodilo; n-1, 2021, p. 9-12.

PENA-VEGA, A. A emergência de um novo modo de pensar. In PENA-VEGA, A.; WOLTON, D. **Edgar Morin**: um pensamento livre para o século XXI Rio de janeiro: Garamond, 2014, p. 50-62.

RUFINO, L. **Pedagogia das Encruzilhadas**. Rio de Janeiro: Mórula, 2019.

RUFINO, L. Sabença jongueira: inscrição de vida como palavra de mundo. In: (Org.) MEDEIROS, C.; GALDINO, V. **Experimentos de filosofia pós-colonial**. São Paulo: Ed. Filosófoca Politeia, 2020, p. 123-129

THÜRLER, D. Sabedoria é desaprender – notas para a construção de uma política cultural das margens. In: SILVA, G.; PUGA, L.; RIOS, O. (Org) **Alfabetização política, relações de poder e cidadania**: perspectivas interdisciplinares. Rio de Janeiro: Letra Capital, 2018, p. 11-23.

THÜRLER, D. **O indizível desejo erótico em Cabaré Vibrátil**. Iberic@l, Revue d'études ibériques et ibéro-américaines, n 19 – Printemps, 2021.

A melhor maneira de evitar que um prisioneiro escape é se assegurar de que nunca saiba que está na prisão.

Fiódor Dostoiévski [18-?]

PRÓLOGO: O PRISIONEIRO QUE NÃO SABIA QUE ESTAVA NA PRISÃO

Num dia ensolarado e comum no pátio do presídio em que ninguém sabe que está na prisão, um solitário prisioneiro observa inquieto os próprios pensamentos, que transcorrem numa sequência acelerada de dados analisados. Após longos períodos de diálogos retóricos consigo mesmo, nos quais relaciona e assimila informações complexas, ri em descrença absoluta, como se a conclusão atingida fosse ridícula. Volta a elaborar os argumentos e, após o ciclo retórico, irrita-se por chegar ao mesmo parecer da análise risível anterior. Ao concluir o contrário, chora. Parece não crer no resultado final da equação e se coloca a analisar os dados compulsivamente, num movimento perpétuo de inconclusão. Quem sabe um dia cansa de buscar a resposta ou se tornará um louco, se já não o é. Os dias passam e o prisioneiro segue com o ritual retórico. Palavras não saem de sua boca, mas é evidente que trava debates, com amplas exposições e profundos confrontos que, às vezes, deixa-o perplexo e emudecido, absorto em divagações, abruptamente interrompidas pelo fulgor de uma investigação alarmante. É um diálogo interno entre distintas perspectivas da realidade que teimam em desatar o consenso interior.

Há anos, este prisioneiro apresenta atitude estranha. Desde a infância, convive com incontroláveis crises mentais de compulsão retórica inconclusiva, mas por um longo período de vida conseguiu esconder dos demais prisioneiros sua condição. Apesar deste sintoma dificultar a obediência das ordens compulsórias para as ações diárias da servidão no presídio, o prisioneiro percebe que, para sua anomalia passar despercebida, é preciso reagir aos comandos da vida de modo servil e silencioso. E, quase sempre, consegue ser um prisioneiro passável, mais um entre vários despercebidos, mas apresenta diversos pontos biográficos de fracasso no controle do sintoma. Com o passar dos anos, as lesões neurológicas das crises retóricas foram agravadas pelo consumo de drogas, que utilizou para conviver em harmonia com os sintomas. Ainda tenta ser despercebido, mas já não consegue conter a compulsão reflexiva. O problema da questão é a inconclusão. Nenhuma verdade parece ser capaz de o capturar do mundo intangível da retórica. Até as escolhas mais simples, como selecionar o que vestir entre fardas iguais, exige deste prisioneiro longos momentos de análise inconclusiva. A decisão sobre o ato é tomada no limite do prazo, que, por castigo, aprendeu a cumprir. Mas a interrogação permanece após a ação, pois não sanou a dúvida, apenas estancou o fluxo retórico com a predominância provisória da opinião vigente no momento limite. Este é o princípio para todas as coisas com que se relaciona no mundo: um debate perpétuo continuamente sobreposto por novas questões fulgurantes. Algumas perguntas sem respostas, entretanto, o prisioneiro cultiva desde o início do acometimento. Dedica-se a desvendar tais mistérios como um detetive apaixonado investiga a traição da sua amante prostituta. Nega-se a compreender as evidências e se recoloca no ciclo retórico, em que faz as mesmas coisas, mas espera resultados diferentes. E encontra. Desvios e faltas, que passaram despercebidos nas análises anteriores, modificam, na narrativa, os papéis de heróis e algozes. Contudo, a solução final nunca parece ser aceitável. Condição que reinicia o ciclo retórico inconclusivo.

Vive como se estivesse num tribunal, em que o réu é o rei. Nota-se pela atitude pomposa e soberba, digna de um ente da realeza que ostenta uma pesada coroa cravejada de diamantes, mas que, em meio à arrogância de desmerecer os que o julgam, demonstra medo, na forma de ira, diante da exposição dos argumentos e da reação do júri e da plateia. O juiz é o único que permanece sem expor os seus afetos, possui feição indecifrável durante todo o julgamento, até o veredito final, quando o foco da cena se concentra na sentença. Pode, inclusive, inocentar o réu, como, em geral, faz, mesmo com o coro popular que clama pelo suplício do rei. O triunfo do juiz, que o mantém pleno de serenidade durante o julgamento, é que, ali, tem o poder de decretar o juízo final, de decidir a moral do réu, se é bom ou mau, se está certo ou errado, se deve ser livre ou punido com a privação de liberdade, a tortura e a morte. Quando, em raros casos, a figura do rei é condenada, Vossa Majestade Real, súdito do Imperador, rebrota das cinzas da fogueira que o carbonizou, mantendo-se como peça perpétua do jogo de vozes mentais retóricas. Nos desfechos, ditados pelo juiz, predominam um tipo de solução para o problema: a inocência do rei. O que varia é a sequência narrativa, do início ao fim, a cada devir de um novo ciclo retórico inconclusivo. Às vezes é um mero detalhe que poderia passar despercebido: um ponto ou uma vírgula acrescida ou retirada; uma palavra dita de forma diferente, num contexto distinto. Contudo, por vezes, a reprodução da cena no tribunal é absurdamente dissemelhante do padrão: os papéis se invertem, os argumentos e pontos de virada são inesperados. Não é, portanto, descartada a hipótese de o prisioneiro modificar o padrão, quase estável, das respostas encontradas durante os ciclos retóricos inconclusivos. Pois, parece ocorrer uma constante substituição de atores para interpretar os mesmos personagens de uma história. Pode ser observado como a evolução do pensamento do prisioneiro, que insere novas construções discursivas para interpretar o jogo do tribunal retórico, no qual o prisioneiro performa todos os personagens em si mesmo: o juiz, o júri, os advogados e o rei acusado perante a plateia do espetáculo da justiça.

Neste dia, para a surpresa do próprio prisioneiro, pela primeira vez após décadas, as partes do debate parecem entrar em acordo. Os movimentos corporais horizontais de negação param de ser utilizados e o prisioneiro passa a concordar consigo mesmo. Repetidamente, o movimento da cabeça e do corpo é realizado na vertical. Uma última expressão de afirmação positiva demonstra que o prisioneiro chegou à conclusão final, o que o faz paralisar por um longo período. Vislumbra a imagem mental na qual corre nu e molhado, como Arquimedes, gritando sobre sua descoberta, mas prefere manter o silêncio para evitar o julgamento alheio, apesar da lancinante vontade de compartilhar sua conclusão revolucionária, se não para o mundo, para si mesmo. Observa ao seu redor. Busca, entre a multidão de corpos prisioneiros, alguém que possa entender o que quer dizer. Todos parecem suspeitos ao seu desconfiado olhar. Prefere conter as palavras para não correr riscos desnecessários. Afinal, e se errou o julgamento, não viveria ele uma verdade fraudulenta da qual deve escapar? A conclusão derradeira lhe parece mais uma teoria insustentável, que distrai a atenção, impedindo-o de contemplar a realidade tal como é. Uma mera resposta provisória sobre uma questão complexa, que será soterrada pelo tempo. Quiçá seja um problema sem sentido e sem resposta. O prisioneiro, portanto, recoloca-se no ciclo de repetições retóricas inconclusivas, com o propósito de continuar atento ao conjunto de fatores implicados na questão, para evitar um parecer imaturo que instale pré-juízos na percepção. Permanecer em ajuizamento impermanente se tornou a zona de conforto para o prisioneiro. Assim, permite-se caminhar entre diversas perspectivas sobre a realidade sem, contudo, habitá-las. São breves visitas e revisitas à múltiplos olhares, que sentenciam a vida ao seu viés. Mas, por algum motivo, desta vez, a evidência dos fatos afirma um parecer conclusivo que trava o ciclo de retóricas inconclusivas. A sentença final não deixa dúvidas sobre o caso.

Desde então, o prisioneiro que não sabia que estava na prisão rompe com o processo perpétuo de inconclusão ao abrigar uma verdade no seu conjunto de crenças. A verdade concluída está incrustrada nas entranhas do prisioneiro, que já não consegue ignorar os efeitos desta crença na percepção da realidade. Demora para amenizar os fortes sintomas de náusea e indisposição que sente ao ressentir a sentença final. Por que teria que conviver com esta verdade? Por que não pode simplesmente a descartar, como se faz com um resíduo material, como costumava, ele mesmo, agir com as demais conclusões? No lugar de a excretar, esta verdade passa a preencher o corpo do prisioneiro, que está impossibilitado de alegar ignorância sobre o fato para si mesmo.

Apenas uma verdade, instalada como absoluta, foi o suficiente para desarticular a compulsão do ciclo retórico inconclusivo. Mais do que um número, a quebra está relacionada ao tipo de verdade desvelada, que impregnou o prisioneiro de razão. Esta nova formatação não o torna mais ágil e perspicaz. Como citado, ocorrem sequelas que retardam o processo de tomada de decisão, mas progressivamente, enxurradas de certezas começaram a brotar em seu ser.

O prisioneiro se sente confuso com a repentina assimilação ocorrida no seu organismo perceptivo, pois um indivíduo que, por anos, conviveu com a condição de inconclusão perpétua e, num instante, passa a abrigar absoluta certeza, é como um cego quando enxerga pela primeira vez a paisagem que sempre esteve presente, mas nunca visível. Agora o prisioneiro acessa o mundo por meio de uma, até então, desconhecida biotecnologia: a verdade. Já escutou rumores sobre o assunto, pois é uma palavra recorrente nas conversas corriqueiras, mas imaginava algo absolutamente distinto. Percebe a incipiente experiência se alojar em seu corpo de modo voraz. O prisioneiro reflete que esta deve ser a forma como a maioria das pessoas percebe a realidade. Choca-se com a diferença profunda em possuir um regime de verdade atuando em seu corpo, ao invés de pensamentos retóricos inconclusivos. Apesar de exposto aos sentidos e à cognição, parece-lhe irreconhecível um mundo construído com base em certezas. Por isso, aos poucos, nota: carecia de compartilhar a realidade com os outros. A cura do prisioneiro o resgatou do abismo perceptivo que o retirava das estruturas de saber construídas coletivamente, ao passo que silenciou a secreta alegria da constante dúvida cultivada em seu ser. Já não pode mais rir de uma sentença que lhe causa náusea, por ser a pura verdade.

...

A cotidianidade se torna ensurdecedora, cada gesto individual e coletivo exibe a confirmação da tese, que não abandona os pensamentos do prisioneiro. Apesar de parecer absurdo, deseja a ignorância diante da necessidade de conter uma descoberta que não pode ser compartilhada com o mundo. Mesmo os ciclos retóricos inconclusivos eram momentos mais felizes do que a atual condição. Fingia estar como sempre esteve, mas era notável a diferença em seu comportamento e fisionomia. Estava em meio à vários prisioneiros que não sabiam que estavam na prisão, mas se sentia numa solitária. Em quem poderia confiar para compartilhar essa questão? Entre tantas verdades, deve haver uma resposta. Mas, por enquanto, não. Percebe que mesmo a conclusão negativa é uma verdade instalada como positiva: quando pensa que não há pessoas confiáveis para escutar o que tem a dizer, afirma a insegurança no outro. Nem mesmo seus familiares soam como opção, pois não compreende, sequer, se a enunciação oral da descoberta é segura. Ou mesmo, se há riscos por pensar sobre tal verdade.

Apesar do caráter provisional dos pensamentos esmorecer, a atitude reflexiva lhe causa permanente sintoma de questionamento e dúvida. Se agora é capaz de assimilar verdades, a subsequência do ato conclusivo revela a incipiência de uma nova questão. É que a morte da pergunta, por meio da resposta, ocasiona o nascimento de uma questão hereditária, que clama por retomar os esforços retóricos para desvendar os mistérios que incuba. Deixou de ser refém da inconclusão perpétua para se afogar nas infindáveis perguntas e respostas que cruzam o espaço-tempo cravadas na carne.

Assim, vale ressaltar que ocorrem variações do regime de verdade implantado no corpo do prisioneiro, entretanto, a biomecânica da verdade captura um discurso-performance e o estoca como permanente. A retirada de uma verdade para a introdução de outra consiste numa complexa cirurgia mental, distinta da lobotomia, mas não menos dolorosa ou sequelante. A literatura científica relata efeitos positivos, equânimes e negativos, após lesões ou intervenções cirúrgicas no cérebro: do óbito ao renascimento, uma grave mudança de personalidade pode ocorrer. Ou não. Diversas variáveis são relatadas. O mesmo ocorre em procedimentos de amputação ou transplante mental de verdades. São processos decisivos, mas que apresentam resultados inconstantes em relação à modificação pós-cirúrgica sobre a personalidade. Pois, em diversas escalas e combinações subjetivas, a incisão de uma verdade pode ser benéfica, maléfica ou, inclusive, inexpressiva, sem qualquer alteração das qualidades e características do humor, comportamento, percepção e atitude.

O prisioneiro começa a entender como a verdade age no corpo. Ainda está no início do processo, então, não vivenciou ou percebeu todas as formas e detalhes desta estrutura biopolítica. Desconhece, por exemplo, a mudança de regime de verdade, anteriormente citada. Por este motivo, responde a qualquer desafiante de suas verdades com a fúria de um monstro que reage a dor causada por predadores que ameaçam arrancar partes carnais. Já observou em diversos companheiros de cárcere tais atitudes violentas, bem como a de mudanças repentinas na personificação da atitude e discurso. Apesar do acometimento do fluxo de inconclusão perpétua, o prisioneiro sempre foi capaz de organizar conjuntos categóricos para agir em relação ao mundo. Desta forma, obtinha a noção do que era certo ou errado, verde ou azul, círculo ou quadrado, entretanto, tanto subsumir, como os próprios elementos dos conjuntos, eram provisórios e estabelecidos mediante as ditas verdades externas, acolhidas e debatidas interiormente.

Visitou os ditos e escritos da ética e da moral. Decorou rigorosamente o que se prega como certo e errado, verdadeiro e falso, para, mesmo sem concordar, agir conforme prescrito, enquanto considerou que assim deveria atuar, pois no fluxo retórico inconclusivo, a variação das soluções resulta em pensamentos e atitudes assimétricas durante o acometimento. A cada instante, uma distinta decisão provisória sobre obedecer ou romper a prescrição moral e ética estava pautada nos fluxos retóricos. A instabilidade e impermanência do regime de verdade causam efeitos sociais adversos, mas nem mesmo a dor ou o prazer lhe são verdades absolutas. Assim, conhecia algo sobre os paradoxos da verdade, pois lhe era oferecido ampla observação exterior do fenômeno, nunca, entretanto, amostras empíricas advindas do seu próprio corpo. Talvez, por este motivo, apresente vantagem para compreender os mecanismos deste dispositivo de poder, já que, nunca antes, havia conhecido o próprio senso de verdade. Neste caso, a atuação do biodispositivo de poder da verdade desvia da gradual implantação cistêmica[2] normativa, que naturaliza o processo crônico de calcificação dos regimes de verdades. No lugar, o prisioneiro experimenta, a cada dia, devastadores veredictos, que enrijecem sua consciência. Sem qualquer esforço da razão para as contrapor, adota verdades nunca antes pautadas pela consciência, provindas do inconsciente individual e coletivo.

Após a cura da inconclusão perpétua, o prisioneiro não lida com novas informações sobre o mundo no seu repertório, mas uma reprogramação neurológica e sensorial sobre o modo de olhar para o mundo, que transforma os meios de categorizar a realidade e de agir em relação ao que está posto. Antes tinha dificuldade para aplicar o texto lido à prática. Agora sente ter absoluta razão sobre os fatos e atos, esmorecidos do caráter provisional.

Por ser novidade conviver com o verdadeiro, o prisioneiro age como uma criança que inicia a experiência no mundo. A todo momento realiza novas assimilações sobre os fatos percebido. Se crê em algo, não consegue conter os impulsos automatizados do tribunal da verdade instalado em seu corpo. Na normalidade conclusiva, os prisioneiros são disciplinados a controlar a expressão da verdade. Como não passou por tal aprendizagem a longo prazo, deve lidar com os prejuízos sociais da mudança repentina.

Os dias passam e o quadro agrava. A inconclusão perpétua é um transtorno mental ainda não documentado pela medicina. A expressão da doença pode parecer com o autismo, ou a bipolaridade, ou a esquizofrenia, ou mesmo o transtorno de múltiplas personalidades, e, por séculos, assim se trata os portadores da síndrome. Entretanto, a observação atenta dos sintomas (delírios, alucinações, variação de humor e comportamento, isolamento social) demonstra indícios da condição particular deste acometimento.

...

---

[2] O "c", no lugar do "s", é uma corruptela de "sistêmica", "com a intenção de denunciar a existência de cissexismo e transfobia no sistema social e institucional dominante." (VERGUEIRO, 2015, p. 225).

Temente à reação alheia, o prisioneiro curado da inconclusão perpétua crê na impossibilidade de compartilhar suas recentes verdades colhidas. Porém, a ingestão de crenças causa um refluxo verborrágico que o faz excretar jatos de fé. Para amenizar tal incontinência semântica, passa a despejar as excreções num diário. Assim, percebe um método de reter suas excreções apalavradas num local privado, onde o único a acessar os dejetos simbólicos é o próprio ser excretor. Anos se passam e o prisioneiro curado da inconclusão perpétua se torna um discreto coletor de teorias e práticas, uma espécie de espião, que se disfarça entre as multidões para descobrir a verdade sobre a sua própria natureza. Desde então, carrega seu diário como o mais precioso dos objetos que possui: ali registra as memórias dos saberes que investigou, muitas das quais revisita constantemente para relembrar o que apreendeu. Por vezes se impressiona como se a (in)formação fosse novidade, até que, progressivamente, familiariza-se, habitua-se e consegue repetir e refletir sobre a afirmação, sem a necessidade de consultar os escritos. O diário cumpre a tripla função temporal de absorver as (in)formações atuais, visitar o passado e prospectar o futuro. Antes da cura, advinda do enraizamento de uma certeza, era incapaz de compor um diário: nas raras ocasiões que tentou realizar esta tarefa, passou horas escrevendo e apagando as frases, sem que, ao fim do dia, alcançasse sequer uma única sentença escrita nas páginas. A reprogramação do seu sistema de crenças, que abandona a inconclusão perpétua, para adotar o regime de verdade, colapsou a realidade do prisioneiro. Ser capaz de escrever um diário é, talvez, o mais importante ponto de virada em sua história.

As constantes anotações são realizadas em solitude, quando consegue relaxar e excretar o que pensa sem a preocupação de ser observado e julgado. Ao longo do dia, enquanto realiza atividades coletivas, busca memorizar os lampejos de ideias para transcrever num momento oportuno, além de prospectar os mistérios obscuros em que deseja mergulhar. Para ocultar sua investigação particular, o prisioneiro percebe que precisa se exibir de modo normativo. Assim, supõe, menos suspeitas poderiam ser lançadas sobre sua suposta excentricidade. Às vezes, porém, por vastas horas, desaparece entre os arbustos para poder excretar as verdades digeridas em seu diário de investigações. Em geral, os demais prisioneiros estão ocupados com seus próprios problemas individuais; esconder-se, portanto, deveria ser um ato fácil de realizar, mas, além das longas ausências, carregar, a todo instante, um diário no bolso, protegido como uma joia preciosa, desperta o olhar dos curiosos.

....

O prisioneiro curado da inconclusão perpétua vaga moribundo pelo presídio, atordoado por verdades incipientes, que lhe fazem perceber a quantidade de verdades que faltam aparecer. Sente-se incapaz de acolher o fluxo de conclusões que brota no seu ser a todo instante. Meras discordâncias lhe causam furiosas reações retóricas conclusivas, sentenciadas e punitivas. Viver no fluxo inconclusivo o tornava capaz de ouvir ofensas, sem reagir com violência, mas, no lugar, com o entusiasmo da inocente curiosidade de um perpétuo ignorante de si mesmo. Antes assimilava a coleta de divergentes dados como fator de enriquecimento epistemológico do processo inconclusivo perene. Porém, ao pisar na lama da verdade, afundou o corpo em certezas estagnantes. Cada passo em direção a uma nova perspectiva se tornou um árduo esforço para mover o corpo que imerge em verdades movediças. Dadas as dificuldades para observar o ponto de vista dos outros trilheiros, passa a reagir com impulsiva violência aos que divergem dos seus passos e lhe convidam a mudar o caminho.

Uma intervenção fortuita, contudo, desvia o prisioneiro do prumo. Um sujeito, portador da fisionomia e performance mais comum que, até então, conheceu, caminha na mesma estrada, com aparente objetivo a cumprir. Focado na missão, ele cumprimenta gentilmente o prisioneiro curado da inconclusão perpétua e passa veloz à frente. O vento sopra a fragrância ordinária exalada por um homem comum: aquele ser é a autêntica expressão deste arquétipo, em todos os sentidos. "Como homem comum, ele é alguém envolvido num sonho maravilhoso, enxergando o mundo apenas através de uma névoa."[3] A densidade lúgubre da lama da verdade pouco o afeta, pois é capaz de caminhar sobre a superfície sem se ocupar das profundezas. A felicidade, garantida pela ignorância, está em não afogar o corpo nas entranhas cadavéricas das verdades desconhecidas. Detém um raso saber que lhe serve de chão para caminhar na vida. Não há contestações capazes de o motivar a escavar o solo da verdade arqueologicamente, mas tropeços e atolamentos lhe conduzem a reinstalar os bloqueios asfálticos, que impermeabilizam a superfície. Calça os pés e assim constrói uma zona de conforto pré-determinada, para caminhar sem tocar na lama da verdade. Quando tormentas e intemperes, por ventura, destroem tais estruturas, o homem comum não hesita em recolocar

---

[3] JUNG, Carl Gustav. **Os arquétipos e o inconsciente coletivo** – 1976. Tradução Maria Luíza Appy, Dora Mariana R. Ferreira da Silva. 2ª edição. Petrópolis, RJ: Editora Vozes, 2002, p. 240.

sólidas camadas provisórias para tapar os pontos de ruptura. Sabe que no próximo inverno, outra vez, a arquitetura ruirá, mas persegue a esperança de que a repetição do método resulte no oposto.

Convém ao prisioneiro curado da inconclusão perpétua, o reconhecimento desta última identificação: esperar respostas diferentes para a mesma ação. A distinção consiste em que um deles ativa tal paradoxo no mundo epistemológico, o outro, no mundo sensível. Um deles desativou o biomecanismo da retórica inconclusiva através da introjeção de uma verdade. O outro utiliza verdades perecíveis, fabricadas para cobrir provisoriamente a realidade. A identificação com o prisioneiro mais comum que já contemplou, carregou-lhe de simpatia por outro. Pôde compreender os impulsos que resultam na ação de ser o que é: está além do espectro consciente e individual. O inconsciente coletivo desperta a expressão nômala[4] do homem comum, bem como a brutalidade, a crueldade, a insensatez e a bobeira no louco.

Para escapar do mundo lúgubre, libidinoso e transeunte, o homem comum constrói sua arquitetura iluminada, higiênica e sedentária. Ali se sente intocável, sem crer que o infortúnio de se lamear com verdades putrefatas é um triunfo possível. O prisioneiro curado da inconclusão perpétua sente vontade de atirar bolas de lama no corpo do homem comum. Deseja cobrir aquele ser ordinário com toneladas de verdades, livrando a cabeça, para que siga a respirar. Enquanto elucubra sobre tal atitude bestial, seu corpo age por si: modela uma discreta esfera de lama, que massageia as mãos enquanto imagina a cena, e, por um impulso desejante descontrolado, arremessa a massa de verdades putrefatas, que cruza o ar e atinge o concreto, próximo ao homem comum, mas o suficiente para apenas respingar em sua bota. A interferência incomoda, fazendo-o caminhar para olhar de perto a lama viscosa impregnada no chão. É incapaz de notar a beleza da pintura de cor terrosa, em forma de *splash*, pois reflete restritamente sobre os germes daquela contaminação. Ao realizar os primeiros movimentos de remoção da lama inoportuna, um projétil, desta vez, maior, atinge a face do homem comum. Os tais germes da lama da verdade entram por sua boca, nariz, olhos e ouvidos, agora incrustados de barro.

Quem é o autor desta façanha? Questiona-se o homem comum. Deve ser um louco para atirar bolas de lama perdidas ao ar, conclui em seguida. O prisioneiro curado da inconclusão perpétua esculpe um

---

4 Neologismo criado para expressar o antônimo de "anômala".

novo projétil de verdade e o lança em direção ao homem comum, sem conter a estrondosa gargalhada de prazer, ao cumprir o comando inconsciente do instinto libidinoso do *id*. Por sua vez, sabe o *ego* que desobedece ao pacto servil com o *superego*, mas esta suave dissidência resulta numa culpa inócua. Devido à sonora risada, desta vez, o homem comum flagra o arremesso no ato e consegue evitar o choque da lama direto com o corpo. Logo confronta o atirador de verdades: o que te fiz para me agredir desta forma?

O prisioneiro curado da inconclusão perpétua não sabe responder. Apenas, apetece lançar esferas de lama em direção ao homem comum, como um tiro ao alvo móvel. A lama escorregadia e pegajosa faz o homem comum deslizar e cair no duro chão asfáltico diversas vezes, durante os saltos e corridas que realizava com o intuito de driblar a chuva de densas bolas de lama que, em sua zona de conforto, era despejada. Após inundar o homem comum com a cadavérica lama da verdade, sente a adrenalina de um vencedor olímpico, ajoelhado na fossa que cavou com as próprias mãos. Atônito, o homem comum respira aliviado ao observar o esgotamento físico do lançador, que desmaia no local.

...

Num sobressalto, o prisioneiro desmaiado desperta com um balde d'água fria despejado em sua face. Abre os olhos ainda inebriado e confuso, porém desperto como por meio de uma injeção de adrenalina no coração. Avista o corpo higienizado do homem comum, que segura o balde, enfurecido. As palavras soam incompreensíveis para o prisioneiro, que se esforça para entender o que o homem comum diz. Pisca os olhos para ver melhor. A definição sonora ganha foco como numa imagem míope. Finalmente, entende: quem é você? Repete o homem comum, em meio aos disparos de ofensas pessoais.

O prisioneiro escorrega duas vezes, antes de conseguir se sentar na poça de lama. Apesar da cena conflitante, sente uma inabalável tranquilidade, como quem se livrou de um grande fardo. Por isso, enlameado, sorri para o homem comum com erótica simpatia.

Uma patrulha que ronda o local se aproxima. Antes de agir, o prisioneiro já sabia que escavar a lama da verdade causaria perturbação da ordem vigente e, por isso, a provável detenção ou o exílio na nau dos loucos. Observadores devem ter chamado a vigília, pois viram o buraco e a sujeira espalhada, provavelmente a lama da verdade atingiu os vizinhos do homem normal, que devem ser tão normais ou mais normais do que o ser a sua frente. O prisioneiro sabe os perigos que corre, caso a patrulha acesse seus escritos no diário, por este motivo, resta-lhe apenas confiar neste estranho normal que o escuta. Ciente de que a vigília está ali por sua razão, apressa a ação para não ser notado pelos agentes: retira o imenso diário de suas vestes enlameadas e o entrega delicadamente ao homem normal, que se espanta com a presença de um objeto tão grande oculto dentro do uniforme do prisioneiro durante todo o episódio. Numa expressão de suplício, o prisioneiro sussurra:

- Neste diário, talvez encontre a resposta para sua pergunta, mas não leia. Cuide bem dele até o dia que eu possa voltar para o buscar.

O asco do homem comum ao tocar a lama da verdade, incrustada na capa e na borda das páginas, rapidamente se transforma numa reação veloz para esconder o diário daquele insano ser enlameado, que respira aliviado ao perceber que seu tesouro não será capturado pela vigília. Os agentes agarram o prisioneiro pelos braços, que gargalha de felicidade, parte motivada pelo alívio de conquistar a segurança daquelas memórias: nas mãos do arquétipo mais comum que já cruzou no presídio, a vigília seria incapaz de suspeitar sobre a existência de tais escritos. A outra parte da diversão está para acontecer: a lama da verdade é viscosa e escorregadia, causa aversão nos guardas, uma repulsa que torna reticente o toque das mãos para captura. Dado tais fatores, o prisioneiro consegue se soltar diversas vezes das garras da vigília, ri e ridiculariza a ação dos vigilantes, que escorregam na lama e caem; enquanto o prisioneiro ensandecido grita e arremessa toletes de lama da verdade, corre depressa, desviando-se da captura repetidas vezes. Por alguns minutos, o espetáculo transcorre agitado e resulta na reunião de diversos olhares curiosos, porém, num breve instante, o prisioneiro é golpeado na cabeça, o que resulta no desmaio imediato. A ordem no local é imediatamente reestabelecida, a multidão se dispersa e cada um segue seu rumo sem se importar com o fim do prisioneiro. A maioria sente alívio após a captura. Mais tarde, terão uma emocionante história para narrar: a heroica cena da vitória dos capatazes do império sobre um louco periculoso. O corpo esfacelado do prisioneiro é agarrado por dois vigilantes, que o carregam como um saco de batatas e o arremessam no fundo do camburão. O homem comum, que agora é o guardião do diário, é o único que questiona a si mesmo se o autor sobreviveu ou sobreviverá após a captura.

...

O homem comum está trancado em sua casa, sozinho, com todas as cortinas fechadas. Há horas olha para o diário colocado sobre uma mesa na sala, como uma bíblia disposta sobre um altar, ou como uma televisão exposta em pose totêmica. Fez um bom trabalho de limpeza, já passou pano para retirar o excesso de lama, mas ainda restam manchas de terra nas bordas de todas as páginas. O conteúdo, contudo, está intacto. Assiste ao objeto fechado sem coragem de iniciar a leitura. Está com medo do que encontrará: é possível que o autor tenha perdido a sanidade a partir de tais escritos. O homem comum não percebe que, ao contrário do que pensa, o diário representa a expressão da cura da inconclusão perpétua daquele insano enlameado, agora capturado pela vigília.

Algum tempo é necessário até que o homem comum se atire como uma bala em direção aos escritos. Neste momento, sequer pensou que invadiria os privados dejetos simbólicos de uma pessoa. Talvez, por a considerar insana. Na ética do homem normal, o louco é uma entidade sem respeito, portanto, supostamente, nenhuma ação é capaz de ferir a sua existência, nem mesmo acessar as mais profundas verdades expelidas num diário, sem que o autor consinta. Se, por um lado, o louco confiou naquele homem normal para proteger o seu tesouro mais precioso, por outro, a própria existência do louco desrespeita o homem normal. Assim, é preciso saber o conteúdo que guarda ou destruir as evidências do contato com um indivíduo dissidente. Não restam dúvidas sobre a permissão para ler o diário, afinal, ninguém saberá que leu, nem mesmo o autor. O que o impede de mergulhar nas memórias do louco é o medo do espelho de Narciso quebrar. Está o homem normal disposto a se transfigurar, a abandonar a zona de conforto de ser o que se é? A curiosidade, porém, inflama a atenção do homem normal, que obedece, sob fundada razão, às ações automatizadas do corpo, expressas com a intenção de desvendar o conteúdo dos escritos. Uma vez iniciada a leitura, embriaga-se nas palavras do diário compulsivamente.

Constrói-se a percepção com estados de consciência, assim como se constrói uma casa com pedras, e se imagina uma química mental que faça esses materiais se fundirem em um todo compacto.

Merleau-Ponty (1945/1999, p. 46)

1. DIÁRIO DAS ILUSÕES REAIS

Tardei a perceber que sou cárcere de um complexo cistema opressor, arquitetado por mentes sociopatas. O processo de descoberta apresentou os primeiros sinais na infância, mas sem observação conclusiva até dias atrás. Desde então, vivo em plena atenção a minha condição de cárcere, na utópica esperança de escapar, por meio da fuga ou destruição dos muros do presídio, que nos priva de liberdade. Por anos, vivi anestesiado, sem encarar o fato de ser prisioneiro. Enquanto desconsiderei a condição de cárcere, os dispositivos biopolíticos de colonização dos corpos atuaram sem que eu os percebesse agindo sobre minha subjetividade. Fui criado numa ala do planeta, onde a estrutura carcerária está explícita, onde os incômodos e absurdos são parte da cotidianidade. Entretanto, por vezes, a percepção do observador naturaliza e invisibiliza os mecanismos e os efeitos do controle e opressão imperialista. Por um lado, é insensato negar uma evidência após experiência empírica, por outro, trata-se de uma distorção da percepção para transformar este modo de existência numa série de acontecimentos ordinários. Sobretudo, quando se vive em Salvador, uma cidade construída com base em chacinas e chicotadas, como tantas outras. Após mais de quatro séculos institucionalizados, os papéis de servidor e servido disfarçaram as aparências da colonização imperial portuguesa. Os novos imperadores fabricaram máscaras e implantes grotescos, mas que persuadem a percepção humana sobre a realidade.

Vir de lugares que são berços da exploração da natureza explícita os sintomas colonizatórios dos governos capitalistas, porém a convivência cotidiana com tais sintomas dissimula a noção do prisioneiro que não percebe que está preso. Muitos que nesta cidade habitaram, contudo, notam a condição de cárcere em que estamos mergulhados; porém, quando ocorrem motins, devido a insustentável opressão, as insurreições são silenciadas pelo império com um banho de sangue. Aos herdeiros genéticos que descendem de tais agonias algozes, aprender a conviver com as biotecnologias de colonização é um meio de sobrevivência, que, por sua vez, é a principal busca do ser vivo no campo da natureza evolutiva.

Uma das estratégias do cistema para manter o prisioneiro anestesiado sobre sua condição de cárcere é o implante do regime de verdade de que a colonização é um aspecto natural da vida, ou a melhor possibilidade, ou mesmo a única, quando não é divina. Portanto, ser anticistema requisita a coragem, a criatividade, o senso crítico e a autoestima do prisioneiro para contrariar tais implantes anestésicos sobre a realidade de opressão cotidiana. Os privilégios ou a mera ilusão da possibilidade de acesso aos privilégios maquia o horror das barbáries imperialistas, para parecer "normal". Por isso, antes de buscar a libertação do cistema colonizatório, é preciso compreender que, seja qual for o privilégio que o prisioneiro obtém em vida, se não é imperador, é escravo, que, inclusive, pode operar como o carrasco dos seus semelhantes.

A história começa ao notar o fato de que existe um cistema global organizado e concentrado ditando os modos de vida e de percepção sobre a realidade. A programação cultural nos leva a, voluntariamente, escravizarmo-nos e nos aprisionarmos em celas com arquitetura fortificada para gerar a sensação de segurança ao dificultar o acesso das pessoas. "As grades do condomínio são para trazer proteção, mas também trazem a dúvida se é você que está nessa prisão."[5] Eis a questão! Todos os dias, levanta-se sem ver o nascer do sol, trabalha até o sol se pôr e aguarda a folga do fim de semana. A depender do privilégio, férias e licença prêmio. Sempre na corrida das dívidas e juros, sejam pessoais ou estatais. Ao receber minha numeração de registro de nascimento ou certificado de pessoa física, vinculo-me a um centro que devo bancar com meu tempo de vida, em troca de cuidados paternais que não chegam a todos os filhos da nação. Mas, a cobrança alcança a todos, com privilégio de isenção ou perdão aos mais ricos, que cobram e não pagam. A justiça não é justa. O roubo é legal. A maconha, ilegal. Diante de tamanha falta de sentido, buscar um modo de vida fora da teia do Estado e do cistema financeiro é uma utopia que aparenta a ilusão. Contudo, permanecer atado motiva a ação de tentar derrubar o muro da prisão. Os tijolos não são físicos, mas bloqueiam a passagem. Como atravessar um obstáculo não-físico no mundo físico? Somos os blocos do muro?[6]

---

5 YUKA, Marcelo. Minha alma (a paz que eu não quero sentir). In: **Álbum Lado B, lado A** – Banda O Rappa. Rio de janeiro: Warner Music, 1999. Música (5 min e 2 seg).

6 WATERS, Roger. Another brick in the wall. In: **The wall** - Pink Floyd. Estados Unidos, Inglaterra: Harvest Records, Columbia Records/Capitol Records, 1979. Música (8 min e 24 seg), tradução nossa.

O muro das ilusões reais é avistado por muitos. Alguns permanecem inanes diante do bloqueio, outros lutam com os punhos ou se organizam em grupos e buscam soluções conjuntas, conectados por um propósito comum, mas cada ego com suas razões lógicas e verdades pessoais. Há quem crie complexas tecnologias, há quem ore ou medite em busca do vazio. Alguns dizem que já espiaram o outro lado do muro, eu não sei dizer. Às vezes, desconfio das minhas experiências, devido às afirmações científicas que rondam minhas memórias. Por outro lado, acolho desconfiado as experiências narradas por outros seres bloqueados, como eu, nesta fronteira de transição multidimensional. Os legados milenares dos prisioneiros pioneiros inspiram a ação em direção à utopia de atravessar o muro das ilusões reais, onde os *blocos de sensações*[7] imperam. Há muito mistério na composição do muro e por trás dele. Há consciência e inconsciência em sua arquitetura panóptica. Materialidade e o imaterial são qualidades distintas aqui?

O muro das ilusões reais aparenta a onipresença e a onisciência, mas nunca a onipotência, pois precisa persuadir a percepção do corpo senciente para existir através da realização da potência de vir a ser experiência. Ou seja, o corpomídia transforma a reserva potencial do *mundo das ideias* em experiência cognitiva e sensitiva. Quiçá, se houvessem os cientistas quânticos na Grécia platônica, a teoria do mundo das ideias assimilaria o *campo mórfico* em sua explicação. Todas as probabilidades do que é possível experienciar estão em latente potência de acontecer, só lhes falta existência. Apesar de ser uma afirmação óbvia, é comum descartarmos grande parte do espectro de combinações de probabilidades possíveis devido às crenças limitantes, que afirmam a impossibilidade de realização do ato. Portanto, se a experiência cognitiva e sensitiva é uma ilusão percebida como realidade, cabe-nos lidar com o poder da (auto)criação imaginária. Virtual e real não são conceitos opostos, disse Pierre Levy[8], através dos ensinamentos da filosofia escolástica. A subjetividade atualiza a virtualidade da realidade. A realidade é virtual. Virtual é a potência do devir da reprodução modificada, presente no computador digital ou na semente da árvore.

A leitura de textos é a principal fonte para coletar dados sobre a arquitetura carcerária em que habitamos na condição de prisioneiros.

---

7 GUATTARI, Félix. **Caosmose**: um novo paradigma estético. São Paulo: Ed. 34, 1992.

8 LEVY, Pierre. **O que é o virtual?** São Paulo: Editora 34 Ltda, 1996.

Sobretudo, quando observadores-prisioneiros-pioneiros reiteram a tese do encarceramento imperialista. Tal afirmação é compreendida, pela maioria dos prisioneiros, como blasfêmia ou estupidez: a insensibilização é um instrumento fundamental para dissimular a realidade em que estamos inseridos, junto ao controle do regime de verdade, que ridiculariza a noção de aprisionamento para a servidão moderna dócil e voluntária.

Há inúmeras gerações, nascemos e morremos dentro do presídio. O acasalamento parental, a reprodução e o parto dos prisioneiros ocorrem no cárcere, desde os princípios remotos da humanidade. O tempo apagou a história e naturalizou a vida na prisão, transformou a arquitetura do presídio no espetáculo necessário para o acontecimento do agora. Por este motivo, muitos consideram improvável a tese de ser prisioneiro, mesmo quando se é desde o nascimento. A descrença numa narrativa é motivada pela crença plena em outro regime de verdade. Se creio que sou livre, não creio estar encarcerado. Se creio estar preso, não creio ser livre. Independente da razão do encarcerado sobre sua condição, o fato de estar em cárcere permanece. Do nascimento à morte, os corpos encarcerados transmitem suas heranças genéticas aos prisioneiros descendentes modificados. Tais memórias genéticas, transmitidas organicamente, apreendem, mutam e ativam ou silenciam determinados aspectos potenciais da expressão genética dos descendentes, a depender das experiências obtidas pelos ancestrais.

O prisioneiro acredita ser livre, quando as correntes que o aprisionam, passam despercebidas. A sensação de plena liberdade é experimentada pelo tolo e por muitos dissidentes, que rompem algumas correntes, mas são incapazes de perceber as demais, enquanto se vangloria do seu nobre caminho de libertação. Esta falsa impressão da realidade é uma espécie de defesa do prisioneiro, que se permite celebrar a fraudulenta liberdade, no lugar de remoer a real condição de cárcere.

Mas como pode, na realidade, pessoas trabalharem para aprisionar a humanidade? Como posso Eu ser prisioneiro, se, supostamente, sou livre para atuar como queira? Posso entrar e sair de casa, passear nas ruas, escolher o trabalho, comprar, viajar, comer, beber e dormir na hora que Eu quiser.

Não estamos encarcerados num presídio para quem comete delitos, como é de costume associar a ideia de cárcere: trata-se do inverso, somos prisioneiros jurídicos e psiquiátricos de imperadores pervertidos da norma. Devido à perversidade da ação conspiratória, a aceitação da afirmativa é conturbada e constantemente posta em dúvida, mas, desde um recente lapso mental, padece conclusiva.

Se com honestidade observarmos, o cotidiano da população colonizada é oposto à saciedade do querer: as respostas aos desejos são censuras, impostas por restrições ao acesso econômico e sociocultural, ou por meio de violenta repressão física e psicológica. Neste jogo entre o querer e o poder, os imperadores encontram uma forma de adestrar os prisioneiros para a servidão dócil. O que somos capazes de fazer pela satisfação? Os desejos são os dispositivos do biopoder que movimentam os corpos na busca por condições de sobrevivência e prazer. A partir do impulso desejante, estímulos neuroquímicos são lançados no corpo para a realização do ato. Assim, os corpos agem para cumprir o objetivo de saciar a avidez de ter, sentir ou ser.

Apesar do reconhecimento de uma arquitetura do biopoder cistematizada para o controle e o condicionamento dos desejos por meio de uma estrutura de estímulo-reflexo, a padronização técnica dos desejos é um método que falha, pois se trata de uma programação complexa e menos controlável do que a pretensão colonizatória gostaria. A ausência de resultados totais pode ser atribuída ao fato de que a implantação cistêmica para a docilização dos corpos é realizada em sistemas orgânicos dinâmicos e heterárquicos, portanto, instáveis e insubordinados. Desta forma, a expressão dos desejos é palco de perenes subversões, o que demonstra que o corpo colonizado não é um instrumento passivo na relação com as informações que colhe no mundo. Além disso, é notável que em condições distintas, seja no laboratório dos ratos ou na sociedade humana, as respostas aos mesmos estímulos poderiam ser outras. Desta forma, a colonização dos desejos se trata de um complexo jogo do biopoder que envolve os dispositivos orgânicos, as culturas e os meios socioambientais em que vivenciam os corpos a serem disciplinados. Aqui as fronteiras entre o natural e o artificial se dissolvem: por um lado, a própria noção de natureza é um artifício da razão humana, por outro, todas as produções humanas são expressões da natureza, uma vez que o ser humano é parte da natureza. Nesta reflexão difusa entre o natural e o naturado, os desejos se formam de modo contingencial, ou seja, podem ocorrer, mas não necessariamente.

Mesmo diante da complexidade, relatividade, descontrole, imprevisibilidade e incertezas em relação à colonização dos fluxos desejantes, a eficácia dos métodos de implantação dos desejos é obtida através da probabilidade. Desta forma, o império alcança uma ampla absorção social das ideologias colonizatórias por meio de discursos embutidos nos objetos de desejo a serem cultuados.

Após a vitória dos EUA na segunda guerra mundial, o dinheiro se tornou um importante objeto de desejo comum, pois está associado ao acesso a qualquer serviço ou bem de consumo desejado. O impulso neuroquímico monetário gera uma busca focada na satisfação sensual da obtenção da substância, seja material ou imaterial. O dinheiro é uma droga virtual, que implica em impulsos bioquímicos reagentes ao fator escassez e abundância de uma substância psicoativa imaterial. Como a cenoura na frente do rato que corre numa roda giratória, sem sucesso para abocanhar a isca holográfica, os humanos, em rebanhos, correm impulsionados pelo desejo de enriquecer financeiramente, para obter o desfrute das sensações de prazer providas pelo dinheiro, pois na perspectiva capitalista, o crescimento da riqueza material é a fonte da paz e felicidade. Tal distorção ideológica hegemônica prejudica a vida no planeta.

Atravessar as fronteiras entre as hierarquias socioeconômicas do presídio exige talentos impressionantes ou falta de escrúpulos legais, enquanto o topo é inatingível, pois há de herdar a posição ou seduzir ao matrimônio um ente da realeza. Contudo, os postos políticos são a fachada do imperador, que se esconde numa máscara de camadas representativas. O imperador pode ser dito no singular? Não temos acesso direto à esta parte da pirâmide do poder, mas sabemos que são grupos de famílias que detém a maioria dos bancos e indústrias. Na realidade presente, este conjunto de pessoas tem o poder de decisão sobre a vida e a morte dos colonizados. Isolados em castelos fortificados, o grupo impera na Terra, expandindo suas áreas de dominação e seus exércitos de dominados. O Estado, através da (suposta) detenção do monopólio da força física, serve como instrumento de mobilização da sociedade em torno do objetivo determinado por este grupo restrito de poderosos do império. Numa perspectiva ideológica da servidão, a religião é institucionalizada como meio de implantar os programas culturais nos corpos colonizados. Tais dispositivos do biopoder imperialista são os tribunais da norma colonizatória, que julgam a adequação da subjetividade individual do prisioneiro, por meio de leis perversas e punitivas. Apesar das cruéis penitências dirigidas aos infratores da ordem hegemônica, a insubordinação é uma reação histórica comum e constante entre os prisioneiros.

Além do desejo monetário, outros dispositivos de poder são instalados no corpo na forma de desejos, como o sexo, a comida, as drogas e as mídias. Tais programações funcionam como gatilhos para o adestramento e controle dos corpos: a partir do impulso desejante, a motricidade corporal se volta para o ato em prol da saciedade. Neste movimento, o natural se funde ao naturalizado, num jogo de silenciamento e ação que equaciona a satisfação pessoal em função das relações morais do coletivo.

Durante a veloz ascensão do capitalismo, após a segunda guerra mundial, o desenvolvimento tecnológico burguês refinou os dispositivos biopolíticos de vigilância e controle dos corpos dentro de uma visão de mundo opressora. O biopoder age na forma de uma teia que enraíza desejos, que impulsionam os estímulos neuroquímicos para o cumprimento do ato. O desejo é o combustível da ação do corpo. A máquina desejante é orgânica. Diferente das tecnologias fabricadas por humanos, a existência, a composição e o processamento da vida, são mistérios que buscamos acessar por meio da razão lógica, expressa em padrões simbólicos universais (dados, conceitos, equações matemáticas, geometrias, pictogramas); ou, através das experiências estéticas empíricas, que implicam no processamento corruptivo da percepção subjetiva sensorial e cognitiva, registradas a partir das ocorrências factuais da realidade observada pelo corpomídia. No duelo filosófico entre a subjetividade e a universalidade, a sociedade moderna prioriza a universalidade científica para explicar a situação cósmica em que vivemos no presente, coletivamente, num determinado período e local do espaço sideral. Contudo, a singularidade da observação subjetiva é a fonte primordial para o conhecimento humano sobre a vida, além de constituir um escopo da literatura científica.

...

Ainda busco entender quem sou e a condição em que me encontro. Através dos fragmentos de informação coletados por meu corpo, a razão varia minha noção de mundo constantemente. O que creio como verdade absoluta, sem nem mesmo perceber que assim é para minha subjetividade, é um sistema (re)programável, como numa máquina. Porém, as tecnologias da natureza apresentam estruturas mais complexas do que os inventos técnicos humanos. Assim, as questões e buscas epistemológicas sobre a vida se tornam uma jornada sem um fim provável. É como um mergulho num mar profundo. Pode-se manter a cabeça para fora e contemplar a espuma d'água, ou submergir na busca por uma turva visão do desconhecido. A luz reduz gradualmente na medida em que mergulhamos mais fundo no mar do conhecimento.

Objetos e fenômenos atraentes seduzem o olhar a permanecer nas zonas superficiais, iluminadas e populosas. Se nos atemos, em demasia, a uma dessas gotas no mar de informações, arrisca-se afogar. É preciso, portanto, controlar o folego para mergulhar sem padecer por asfixia. Mas ocorre um limite para o mergulho do humano. Mesmo quando utilizamos recursos externos ao próprio corpo, permanecemos incapazes de atravessar a contingência do saber. Entretanto, quanto mais fundo mergulhamos, maior dimensão do desconhecido se revela. Há mais perguntas do que respostas.

A investigação das tecnologias do corpo desvela as profundezas do saber. Por meio de alegorias, encontramos formas de explicar a vida. Desvendar a verdade única e universal, entretanto, é uma permanente pretensão, mas nunca um fato consumado. Tudo o que está escrito são metáforas das ideias, são paródias: a percepção subjetiva interpreta a experiência do que chamamos de realidade. Ou seja, o real é ilusório, visto o processamento da informação no corpomídia. A virtualidade é um conceito que descreve a condição do real, no sentido da potência do devir, como uma espécie de fantasmagoria fotoelétrica de hologramas cinematográficos. Entretanto, o corpo é uma mídia com tecnologia sofisticada, sobretudo, quando comparada à cibernética. Assim, alcança estados de sensorialidade e cognição inatingíveis através da inteligência e estética digital.

...

Somos seres delirantes que buscam sentidos para a vida por meio de narrativas e sensações. Devido às configurações subjetivas, simbólicas e sensoriais, somos capazes de experenciar apenas uma versão pessoal sobre os fatos multifacetados. A mera observação do corpo e a tradução dos pensamentos para palavras são processos de transformação dos fenômenos em realidades percebidas. Contudo, os fatos tampouco expressam uma versão livre de contaminações das verdades contingenciadas dos observadores. Ou seja, ao observar, mente-se: no sentido de usar a mente como ferramenta de percepção, ao passo que escapamos do conceito de verdade como uma entidade pura e intocável. Assim, posso me comprometer a recitar sinceramente as memórias virtuais das realidades experenciadas pelo meu corpo, mas nunca julgar que tais lembranças são verdades únicas e universais, pois são produções de sentido, simultaneamente, subjetivas e coletivas.

As mídias visuais e sonoras possuem um importante papel na construção de referências sobre a realidade. Por meio de narrativas ficcionais que, por vezes, ocupam-se de registrar o cotidiano através de uma estética dita realista, tais fábulas são sempre compostas por traduções subjetivas e tecnológicas dos acontecimentos observados. Por este motivo, a partir de agora, opto por utilizar o termo "dhistória", no qual acrescento o "d" na palavra "história", como meio para representar as distorções realizadas por narrativas sobre o presente, o passado e o futuro, inclusive, no caso dos textos oficiais, canônicas ou clássicas, que também estão abarcados nesta neologia.

As composições de fábulas dhistóricas sobre a realidade exigem a criatividade de um artista, que é capaz de enaltecer personagens miúdos e apagar os gigantes. Ao confabular sobre um acontecimento, implantamos discursos ideológicos através do conjunto de crenças dos corpos que experimentam e relatam a ocorrência. A perspectiva transforma o fenômeno ao ponto de dissolver as versões dhistóricas em unidades insolúveis. Tudo é relativo, o absoluto é inconcebível. Neste sentido, nota-se a incoerência da pretensão de ser realista. Porém, a referência deste método comunicacional pode ser adotada como meio para aproximar a minha narrativa subjetiva da compreensão coletiva sobre a realidade. Assim, sou contador de histórias do meu tempo. As memórias que narro podem soar ficcionais, mas são reais. Qual a fronteira entre os dois conceitos? Se existe, é nela que pisamos aqui e agora.

Tudo passou. Só restam memórias remotas vividas. Faz algum tempo que aconteceu, mas se paro para lembrar, assisto as recordações das experiências vividas na máquina de gravação do corpomídia, que ressente a lembrança e, à cada reprodução das projeções holográficas mnemônicas, são atualizados os sentidos e sentimentos que percebo como observador subjetivo da própria mídia técnica-orgânica: si mesmo, uma máquina existencial auto perceptiva e enunciativa. A memória é seletiva e esconde determinados acontecimentos em solos profundos da consciência, mas, enquanto o aut'observador escavar os registros soterrados por camadas acumulativas de experiências em constante atualização, pacotes de memórias holográficas emergirão das profundezas.

O relato que faço sobre a realidade presente é a que sinto viver. Se me resta algum compartilhamento com as demais perspectivas, é devido aos elos comuns que interferem em nossas existências, sejam fatores físicos, sociais, políticos, econômicos ou culturais. Através da disseminação das tecnologias cibernéticas de comunicação, os abismos entre os diferentes olhares sobre a vida se tornaram mais evidentes, devido à maior exposição e alcance dos corpos em meios digitais. Uma cena é vista como heroica por um grupo de pessoas, enquanto, para outros observadores (tele)presentes, é considerada um crime hediondo. Entre os extremos, há uma ampla variação no espectro de subjetividades ajuizadas, que testemunham e sentenciam a ocorrência. Para um dos observadores, trata-se de um fato de progresso e civilidade, enquanto, para o outro, representa o retrocesso e a barbárie. Ambos, plenos de suas crenças, são impedidos pelo ego de observar sob a ótica do outro.

Então, resta-me aceitar o protagonismo do meu Eu no mundo. Diante desta condição narcisista, que é um princípio da minha existência humana, escutar o outro se torna um desafiador exercício de confronto com o rei e o juiz que abrigo em meu corpo na forma de ego. Não posso o sepultar, pois perderia o elo com o mundo coletivo. Rapidamente, seria enquadrado como psicótico. Assim, há de conviver com o parasitismo biopsicossocial do ego, mas reprogramar as impressões e expressões do corpomídia para que esta ferramenta sirva ao observador, no lugar do contrário. Se o mosquito pica, golpeio a região que sente. Se sinto fome, como. Se me irrito, grito. Através de reações automatizadas, obedeço servil e dócil aos comandos do ego, expressos na forma de dor, fome, desejo, avidez, aversão. Caminhar para a descolonização do meu corpo implica no (re)adestramento de um violento animal doméstico, mas, neste caso, é o bicho humano e sou Eu.

...

Em quantas camadas somos prisioneiros? Atados entre o céu e a superfície da Terra, devido a uma dada força gravitacional, que impõe a decorrência de um fluxo temporal cronológico particular, o presídio das ilusões reais nos lança num jogo de leis físicas, com distintas camadas de condições para a sobrevivência dos humanos no desafiador mundo material do planeta Terra: a primeira é lidar com a presença de um corpo orgânico, imerso numa realidade que escapa ao controle do observador abrigado numa estrutura individual e coletiva. A noção de si mesmo, de um eu particular, é um arquitetado trabalho biológico e cultural para a construção de indivíduos egóicos. O ego, dispositivo que catalisa a noção de ser si mesmo, conecta-se à matéria para empreender a projeção holográfica de um corpo físico. A compreensão de que indivíduos possuem um determinado espaço físico corpóreo próprio, isolado pelo ecossistema microscópico da superfície da derme, é o modo hegemônico de pensar e operar na contemporaneidade. Assim, a consciência do Eu observador habita um corpo material específico e particular, que não ocupa o mesmo espaço-tempo que outro. O toque entre as peles e outros contatos corporais são considerados interações entre separadas estruturas mórficas individualizadas: um corpo compõe uma unidade cognitiva e sensitiva, desvinculada dos demais elementos físicos. Eu sou eu. A árvore é a árvore. Você é você. As fronteiras são delimitadas. O ego tonifica essa compreensão identitária, pois é a tecnologia que o move: o reconhecimento de padrões em estruturas simbólicas, assimiladas como crenças pelo sistema cognitivo e sensitivo do corpo. Percebe-se como natural a cultura do eu e o outro, meu e seu. Assim, para permanecer no jogo material, o corpo físico reage com a busca pela sobrevivência do Eu.

Na relação entre o mundo exterior e o corpo orgânico, que abriga o Eu observador, por um lado, lidamos com as condições físicas do universo, por outro, ocorrem ações bioquímicas inerentes à vida: a condição orgânica dos corpos animais implica no funcionamento metabólico, regido por meio de drogas de uso ordinário convencionado, que resultam em reações bioquímicas, como oxigênio, comida, mídias, fármacos, dinheiro, hormônios, pensamentos, crenças, emoções, paixões sensuais, medo, violência, etc. Seja por meio da ingestão ou abstinência, tais substâncias psicoativas são, potencialmente, anestésicas ou ampliadoras de sensibilidade e percepção da realidade. Assim, as diversas drogas habituais se tornam chaves de acesso para a consciência à diferentes frequências vibratórias que, consequentemente, alteram a percepção da realidade e, por sua vez, a realidade percebida.

As camadas existenciais de condições para a sobrevivência no presídio das ilusões reais estão interconectas, mas se dispersam em campos disciplinares. Os fatores que condicionam a experiência mundana são indissociáveis e constituem um organismo único, porém é percebido em partes, devido à inaptidão sensorial e simbólica humana para observar a escala mínima e máxima dos fenômenos. Ao mergulhar na ancestral busca do saber sobre a presença humana na Terra, observo os entrelaçamentos entre as questões subjetivas e a esfera coletiva, abarcando, através de complexas conexões rizomáticas, os conhecimentos biológicos, físicos, químicos, psicológicos, psiquiátricos, sociológicos, culturais, políticos, econômicos, alquímicos, mágicos e espirituais.

...

A realidade do presídio das ilusões reais é capaz de criar narrativas inimagináveis. A ficção é um potente instrumento para narrar acontecimentos da vida, pois, no fim, é o que a realidade se torna ao ser percebida por um observador: uma bio-ficção cinematográfica holográfica do corpomídia.

O presídio é arquitetado na forma de um polvo gigante, que encarcera a humanidade através de um centro panóptico de observação, ligado aos tentáculos, repletos de ventosas viscosas, que succionam a pele, produzindo vácuos que impedem o deslocamento dos corpos aprisionados. Esta arquitetura orgânica carcerária é transparente, assim, contém o prisioneiro sem que este veja que está preso. Outro artifício utilizado pelo polvo colonizador é um fluido viscoso e cristalino, que envolve os tentáculos e ventosas. Este composto produz uma anestesia prazerosa através da sensação calorosa de proteção. A busca do prisioneiro para se desatar do polvo-cárcere requer a renúncia das drogas que dessensibilizam o corpo colonizado: práticas de desejos sensuais virtuais, que se manifestam na forma de dinheiro, poder, sexo, mídias, comidas, fármacos, armas, etc. O presídio das ilusões reais é um fenômeno estético, em pleno sentido fenomenológico, físico, fisiológico e psicológico.

A depravada vigilância cultural panóptica do presídio estrutura as relações sociais e suas expressões simbólicas, entretanto, ao dissecar a arquitetura carcerária sociocultural, as grades da prisão do ser revelam estar no próprio corpo-cárcere, onde o carrasco e o juiz é si mesmo. Paradoxalmente, nesta dhistória, mesmo o juiz e o carcereiro são prisioneiros.

Exilado em meu próprio corpo, o movimento é contrário aos êxodos rumo à novos horizontes: o aprisionado encontra na jaula o refúgio da barbárie do mundo exterior, que, por vezes, deve ser visitado em busca de suprimentos. O medo de se expor, devido aos perigos do mundo, retira-nos o acesso à escuridão afora. Numa selva de olhos vigilantes, caçadores sanguinários, em busca da satisfação da sensualidade material egóica, miram o sangue venoso com a avidez vampiresca das corporações que sugam o petróleo da Terra. Existem muitas espécies de parasitas hematófagos que se embebedam com o sangue humano. A vida é uma posse controlável para tais entidades monstruosas de múltiplas cabeças (partes autocentradas interligadas num corpo único).

...

Nosso mundo é uma prisão composta por um cistema arquitetado para que o prisioneiro não perceba que está encarcerado, através da instalação da certeza de que é livre. "As certezas são ilusões"[9]. Muitos ancestrais alertam para o confinamento escravagista do presídio, mas a maioria dos prisioneiros, por maior dor que aguentem, nem ao menos desconfiam da opressão que nos cerca. Talvez, a dor seja proporcional a percepção das grades, talvez não. A dor é um sentimento comum a todos os prisioneiros, mas é difícil estabelecer um critério para medir os fatores envolvidos no despertar sobre a própria condição de cárcere. Contudo, é notável que a dor extrema possui ação anestésica sobre a percepção da arquitetura do presídio das ilusões reais, pois é este o principal mecanismo de captura da atenção do observador-prisioneiro. A dor constante desvia o olhar sobre o mundo, concentra a percepção para compreender o sentimento lancinante. A distribuição da dor no presídio é setorizada e desigual. Os grupos de cárceres mais vulneráveis às violências do império precisam resistir às *overdoses* de dor, condição que reverte o olhar ou pode cegar. Todos os prisioneiros, porém, ingerem controladas doses diárias de dor; nenhum escapa deste mecanismo do biopoder, mas há técnicas para o silenciar, na medida do possível.

A biopolítica trabalha na perspectiva vibratória da violência bélica (medo, ódio, ira), para o domínio colonizatório, pois, se abranda o controle, há risco de o prisioneiro ter tempo de perceber as amarras biopsicossociais. Entretanto, nem só de coerção é composto o biopoder, que se utiliza dos prazeres e da alegria para aprisionar o corpo em vícios e tornar o prisioneiro escravo dos sentidos. De forma arquitetada e sistemática, o projeto colonizatório atua na (in)sensibilização dos corpos, para obter a dominação ideológica imperial, que age sobre a razão, a cognição, a consciência, subconsciência, inconsciência, desejos, sentimentos, sensações, visão de mundo. A arquitetura de poder é estruturada para que o prisioneiro seja conduzido ao ato voluntário de "trocar o papel de figurante na guerra para ser o protagonista numa cela."[10]

Assim, somos prisioneiros da era do Egocentrismo, que está em ruínas. Abrigamos nossas consciências nos escombros da arquitetura dos

---

9 MORIN, Edgard *apud* LECOMPTE, Francis. As certezas são uma ilusão. In: **Fronteiras do Pensamento**, 2020. Website. Disponível em: https://www.fronteiras.com/entrevistas/edgar-morin-as-certezas-sao-uma-ilusao. Acesso em: 20 ago. 2020.

10 WATERS, Roger; GILMOUR, David. Wish you were here. In: **Wish you were here** - Pink Floyd. Estados Unidos, Inglaterra: Harvest, EMI, Columbia, CBS, 1975. Música (44 min e 28 seg), tradução nossa.

corpos colonizados pela fabricação do Eu, dócil servo dos desejos, emoções e sentidos. O capitalismo elevou as práticas padronizantes do egocentrismo, ao ponto de ultrapassarmos os limites, a curto prazo, de regeneração da natureza, devido ao ciclo de consumo efêmero e descarte massivo, repleto de desigualdade social, desperdício e resíduos tóxicos. Durante a era do egocentrismo, extinguimos florestas, espécies de animais e plantas, povos, culturas, línguas, mídias, artes, tecnologias, modos de vida e expressão dos corpos. O reflexo é o caos planetário em que estamos mergulhados; parece não haver solução para tamanho problema, mas seguimos com esperança de dias melhores.

...

A arquitetura holográfica do cárcere das ilusões reais é uma tecnologia midiática sofisticada, que atribui sensações de solidez e estabilidade à materialidade visível. Entre os diversos mecanismos de controle biopolíticos da engrenagem macropolítica que condicionam a subsistência digna, cabe destacar o paradoxo da constante ameaça do prisioneiro ser expulso da cela, caso não pague para ali habitar. Restando-lhe as ruas descobertas do presídio. A maior parte das florestas foram tomadas por proprietários de terras que as derrubam e intoxicam o ecossistema. Os indígenas, que, há mais de cinco séculos, resistem às violentas invasões de colonos mercenários, vivem, no presente momento, um retorno à cultura do início do colonialismo exploratório das Américas: quando o império político torna o assassino impune e o consagra como herói, enquanto ataca o alvo da violência dhistórica e os defensores daquela existência perseguida por sua diferença.

No atual contexto dhistórico, são raros os casos de pessoas tranquilas financeiramente, seguras e satisfeitas com a condição estabelecida pela macropolítica imperial. Nas colônias de exploração, o corpo aprisionado, enquanto lida com situações afetivas e materiais a serem trabalhadas no diaa-dia, é alvo da perversa biopolítica de extorsão capitalista-estatal. Tais questões foram sintetizadas no grito que ecoa nas ruas no Chile, por meio do coral de manifestantes que canta contra o neoliberalismo: "pelo direito de viver em paz".

Junto ao medo de vir a ser desabrigado, o colonialismo carcerário alimenta o desejo de ser aprisionado numa cela repleta de comodidades modernas. Contudo, a aquisição dos objetos de desejo contempla apenas uma pequena parte da população carcerária, pois é um direito hereditário ou comprável com o tempo de vida dos prisioneiros privilegiados. A maioria dos cárceres sequer conseguem o suficiente para satisfazer as necessidades básicas, mas a implantação dos desejos de consumo é constante e universalizante. Ratos do experimento colonizatório, sou, somos. Um pequeno desvio genético difere o humano do rato. Tal distinção parece encontrar diferença apenas na aparência, pois no mundo simbólico, a consciência que observa através do rato, é o humano da ação. Os *homo sapiens* e demais hominídeos terrestres possuem características físicas próprias, tanto que se inserem numa categoria científica submetida ao topo da hierarquia animal. A razão é a faculdade cognitiva que destaca os humanos, pois através deste sistema simbólico e sensorial, o humano é capaz de se perguntar: Quem sou eu? E, a partir desta questão existencial sem resposta exata, buscar explicações na lógica das estruturas simbólicas apreendidas pelos dispositivos orgânicos cognitivos e sensitivos. A razão é um parâmetro de organização bio-psico-social, construído culturalmente, através do esforço de averiguar e construir sistematicamente, por meio de padrões estáveis, afirmações sobre a existência e os fenômenos percebidos por uma entidade viva, capaz de construir racionalmente uma crença sobre sua presença e a expressar simbolicamente. A crença é um objeto do regime de verdade subjetivo, que é instável, apesar da cristalização de crenças, implantadas como verdades absolutas. O sistema de crenças é instalado para ser permanente, entretanto, pode ser corrompido por substâncias químicas (midiáticas, farmacológicas, comida, bebida, maconha, lsd, meditação), ou transtornos mentais, como bipolaridade, esquizofrenia, dissociação de identidades, que implicam em alterações neuroquímicas.

A bipolaridade, por exemplo, apresenta uma ampla variação neuroquímica. A pessoa que está em episódios do segundo grau da doença, o mais elevado, atinge os dois extremos da variação proposta em cinco níveis: depressão profunda e a mania. Ao contrário da inércia causada pela depressão, a mania apresenta sintomas de euforia, insônia e profunda transformação do comportamento. As crenças distorcem, as verdades absolutas são reconfiguradas, por vezes, ocorre o delírio de ser outra pessoa. Diante das alucinações, por vezes, a pessoa se torna incapaz de tomar decisões seguras por conta própria, pois o conjunto de regras do superego foi corrompido, trazendo aumento da libido, exposição à riscos de diferentes esferas, devido às atitudes impulsivas nos momentos de crise maníaca e reações violentas consigo mesmo e o entorno. Mas, quem poderá julgar o que é o normal e quando agir na contenção de um indivíduo?

Os sintomas apresentados em casos clínicos de patologias psiquiátricas, categorizadas a partir da classificação internacional de doenças (CID), costumam estar associados a quadros de sofrimento, nos quais os corpos adoecidos mentalmente, quando não tratados, apresentam dificuldades para estabelecer uma convivência harmônica com a comunidade. Entretanto, nem todo desvio é doença e o padrão médico adotado é ficcional, como qualquer conhecimento sobre a vida.

Por outra perspectiva, avessa ao tribunal psiquiátrico, podemos compreender as "doenças" mentais como uma variação de espécies cognitivas e sensitivas, pois tais observadores percebem o mundo através de estruturas neurológicas destoantes do regime de normalidade para o adestramento dos corpos dóceis. Contudo, é relevante notar que as doenças mentais, em muitos casos, geram, e são geradas, por sofrimento. O adoecimento sintomático é o efeito de múltiplos fatores biopsicossociais, que se expressam de diversas formas.

As alucinações, os delírios, a dissociação, os episódios de desconexão entre o corpo e a consciência, além de outros fenômenos nos quais a subjetividade do insano perfura o frágil senso comum sobre a realidade coletiva compartilhada, revelam casos em que a autonomia (capacidade protetora de si e do entorno) do corpo esvai, seja por meio da "doença", ou devido aos efeitos farmacológicos e o tratamento manicomial associado. Assim, lidamos com os mistérios da psique humana através do conceito de loucura, um termo dhistoricamente complexo.

Figura 1 – "A Nau dos loucos" (*Das Narrenschiff*)

Fonte: Sebastian Brant (1499).

> A *Narrenschiff* é, evidentemente, uma composição literária, emprestada sem dúvida do velho ciclo dos argonautas [...] Mas de todas essas naves romanescas ou satíricas, a *Narrenschiff* é a única que teve existência real, pois eles existiram, esses barcos que levavam sua carga insana de uma cidade para outra. Os loucos tinham então uma existência facilmente errante. As cidades escorraçavam-nos de seus muros; deixava-se que corressem pelos campos distantes, quando não eram confiados a grupos de mercadores e peregrinos.[11]

Na "História da loucura", Foucault relata que, nos séculos XV e XVI, a Nau dos Loucos foi "um objeto que ocupou um lugar privilegiado na paisagem imaginária da Renascença: um "estranho barco que desliza ao longo dos calmos rios da Renânia e dos canais flamengos."[12] "Freqüentemente as cidades da Europa viam essas naus de loucos atracar em seus portos."[13] Nelas, os dissidentes da normalidade, institucionalizada pelo tríplice de Poder - Estado, Igreja, Medicina -, eram lançados às águas para tentar a sorte em terras longínquas:

> confiar o louco aos marinheiros é com certeza evitar que ele ficasse vagando indefinidamente entre os muros da cidade, é ter a certeza de que ele irá para longe, é torná-lo prisioneiro de sua própria partida. Mas a isso a

---

[11] FOUCAULT, Michel. **História da loucura na idade clássica** - 1972. Tradução: José Teixeira Coelho Netto. São Paulo: Editora Perspectiva, 1978, p. 13.

[12] *Ibid.*, p. 12/13.

[13] *Ibid.*, p. 14.

água acrescenta a massa obscura de seus próprios valores: ela leva embora, mas faz mais que isso, ela purifica. Além do mais, a navegação entrega o homem à incerteza da sorte: nela, cada um é confiado a seu próprio destino, todo embarque é, potencialmente, o último. É para o outro mundo que parte o louco em sua barca louca; é do outro mundo que ele chega quando desembarca. Esta navegação do louco é simultaneamente a divisão rigorosa e a Passagem absoluta. Num certo sentido, ela não faz mais que desenvolver, ao longo de uma geografia semi-real, semiimaginária, a situação liminar do louco no horizonte das preocupações do homem medieval — situação simbólica e realizada ao mesmo tempo pelo privilégio que se dá ao louco de ser fechado às portas da cidade: sua exclusão deve encerrá-lo; se ele não pode e não deve ter outra prisão que o próprio limiar, seguram-no no lugar de passagem. Ele é colocado no interior do exterior, e inversamente. Postura altamente simbólica e que permanecerá sem dúvida a sua até nossos dias, se admitirmos que aquilo que outrora foi fortaleza visível da ordem tornou-se agora castelo de nossa consciência.

A água e a navegação têm realmente esse papel. Fechado no navio, de onde não se escapa, o louco é entregue ao rio de mil braços, ao mar de mil caminhos, a essa grande incerteza exterior a tudo. É um prisioneiro no meio da mais livre, da mais aberta das estradas: solidamente acorrentado à infinita encruzilhada. É o Passageiro por excelência, isto é, o prisioneiro da passagem. E a terra à qual aportará não é conhecida, assim como não se sabe, quando desembarca, de que terra vem. Sua única verdade e sua única pátria são essa extensão estéril entre duas terras que não lhe podem pertencer. É esse ritual que, por esses valores, está na origem do longo parentesco imaginário que se pode traçar ao longo de toda a cultura ocidental? Ou, inversamente, é esse parentesco que, da noite dos tempos, exigiu e em seguida fixou o rito do embarque? Uma coisa pelo menos é certa: a água e a loucura estarão ligadas por muito tempo nos sonhos do homem europeu.[14]

Atualmente, devido ao adoecimento em massa na sociedade, é normal ter uma farmácia em casa com pílulas, *sprays*, xaropes e outros itens para combater sintomas de doenças. Esta situação se estende às questões psicológicas. A solução proposta pelo colonizador é a farmacologia sintética, principal ferramenta da psiquiatria. Todos os outros métodos de cura são considerados alternativos. Mesmo a reconhecida psicanálise (Freud) ou a psicologia analítica (Jung) prestam um serviço ao saber supremo do tribunal psiquiátrico, que julga a CID a qual o cliente pertence, a partir da reclamação dos sintomas. Os exames bioquímicos são fontes de análises, disponíveis após muitos anos desde o

---

14 *Ibid.*, p. 16/17.

nascimento da psiquiatria. Constatada uma disfunção bioquímica no corpo, os fármacos são a solução disponível. Os efeitos farmacológicos para o controle dos sintomas, persuade o cliente e o médico sobre a eficiência da dosagem para o equilíbrio bioquímico do corpo, que oferta bem-estar e sanidade ao consumidor, por meio da ingestão de drogas legalizadas. Sobre a medicalização farmacêutica em hospitais psiquiátricos, ressoa a conclusão de Wagner, um amigo psicólogo que trabalha na internação de um hospício em Salvador: "É o que tem pra hoje", relatou-me, após longa análise.

A sociedade moderna se tornou uma fábrica de loucos. A loucura, há muito tempo, ganhou o poder através da violência. Ao passo que percebo os governantes e seus exércitos como seres delirantes, os que hoje são encarcerados como loucos, representam a resistência da doença de homogeneização da humanidade servil. Afirmar a dissidência do louco em relação à colonização dos corpos dóceis, contudo, não implica em ignorar os prejuízos de conviver com as categorias de sintomas presente nos CID`s para as doenças mentais.

...

No mar sideral, estamos limitados às águas terrestres, onde reinam impérios do apocalipse, com comando global centralizado. Cada vez mais, evidencia-se o atual adoecimento estético, sensível e cognitivo da sociedade. No caso do Brasil, a máscara caiu e exibe a excreção oral dos representantes políticos, mas, diante do conteúdo posto, preferível seria assistir às suas expressões anais. Se observarmos a dhistória da humanidade, veremos a que ponto os humanos podem chegar em termos de violência física e psicológica. A pretensão do Estado é um paradoxo como solução: por um lado, há o temor da institucionalização da violência por grupos alternativos não democráticos, como as milícias; por outro, ocorre o problema de conviver com um Estado nacional autoritário colonizatório.

A ideia de pátria amada, que limita o sentimento de pertencimento ao território nacional, arbitrariamente desenhado no mapa, é uma programação colonizatória fabricada, desde a infância, nos colégios, onde cantamos o hino e ouvimos a versão da dhistória narrada pelos colonizadores. O sedentarismo é uma expressão desta implantação da cultura do amor incondicional ao território-pátria-materna, que, junto com a propriedade privada e os Estados nacionais, limitam a livre circulação de pessoas ao redor do planeta. Sabemos que, por milênios, a humanidade viveu como nômades coletores caminhantes. O sedentarismo é uma tecnologia biopolítica de aprisionamento fundamental para a manutenção do controle dos corpos dóceis. Trata-se de permanecer, voluntariamente, em cárceres físicos e psicológicos. Os humanos em presídios judiciais, literalmente, são restritos aos muros e grades da cela, banheiro e pátio para o banho de sol. Os trabalhadores "livres" permanecem fixados em seus itinerários entre a casa, o trabalho e o divertimento, assim, naturalizam a servidão dócil como modo de vida.

Caminhar é uma ação política, cognitiva e estética. Além das teorias que lemos nos livros, a experiência torna esta noção uma percepção empírica. Relatos afirmam que grandes pensadores como I. Kant, Einstein e H. D. Thoreau utilizavam as caminhadas para refletir sobre suas célebres pesquisas; que mulheres cis cruzaram desertos, mares e continentes sozinhas; que a artista Marina Abramović e seu ex-companheiro, Ulay, caminharam 2.500 km, durante 90 dias, a partir de polos opostos (Leste e Oeste, respectivamente), sobre a muralha da China, como meio de expressão estética e política; que vivemos épocas de hegemonia da cultura machista, que deprecia as mulheres cis e trans que andam nas ruas à noite; que passeatas são caminhadas coletivas a favor de mudanças sociais; que os humanos eram nômades, antes de se tornarem sedentários (evidência que questiona a associação entre a teoria da evolução das espécies com o melhoramento bio-psico-socio-cultural dos descendentes modificados).

Contudo, cabe ressaltar que a posição bípede para caminhar é uma forma de repressão anal, pois, enquanto nos deslocávamos como os macacos, a região anal expunha uma via de expressão aberta. Quando estamos na posição ereta, como soldados em sentido, as nádegas comprimem o ânus, fator que direciona os impulsos para a cabeça, como lembra Bataille[15] em "O ânus solar". Por este motivo, reflete o autor, os humanos exprimem mais que os outros animais através da boca, sejam gargalhadas, falas, arrotos, risos, bocejos, soluços, sorrisos, pois priorizam esta via de excreção a partir da posição bípede da caminhada humanoide. Mais um fenômeno biológico e cultural que enriquece o estudo da compulsão oral. Após estudar a tese de Bataille sobre as implicações de ser bípede, creio ser necessário associar o sexo anal e a constipação fecal aos fluxos de comunicação do corpo, o que envolve a enunciação e os pensamentos, bem como a percepção, os sentimentos,

---

15 BATAILLE, Georges. O Ânus Solar - 1931. In: ASSÍRIO e ALVIM. **O Ânus Solar (e outros textos do sol).** Lisboa: Assírio & Alvim, 2007. p.45-52.

as sensações e emoções. Se a primeira prática libera e sensibiliza a via de expressão anal, a segunda condição impede e interrompe o canal. Os efeitos podem ser averiguados por experiências subjetivas, que não cabe generalizar, entretanto, existem resultados esperados para ambas as situações relacionadas ao caminho de duas pontas para exprimir os impulsos do corpo humano. No aspecto anatômico da tecnologia fisiológica do conduto boca-ânus, os humanos funcionam como os vermes nematódeos. Possuir dois orifícios destinados à ingestão e excreção, contudo, não é uma arquitetura biológica generalizada. Existem seres vivos sem ânus, com ânus reprodutivo, com ânus temporário ou múltiplos ânus. O *Blob* é um ser de 500 milhões de anos, categorizado entre os fungos e os animais, sem boca, estômago ou ânus, mas com 720 sexos[16].

O humano, entretanto, diferencia-se dos demais seres de duas pontas por reprimir a expressão anal, através da compressão do orifício traseiro por meio das nádegas, quando apresenta a posição bípede de caminhada. Ser bípede e as demais relações entre o intestino, condicionam aspectos da cognição e das sensações humana. Ao sentar-se ou agachar, as nádegas relaxam ou esticam a musculatura da região anal, abrindo o ânus ligeiramente. Por outro lado, quando sentamos na posição de *lotus* e ao realizar o ato de caminhar sobre duas pernas, resulta na retenção muscular dos impulsos de excreção para a outra extremidade do canal, a boca, que pertence a região da cabeça, onde está alojado o cérebro. Nas situações de obstrução do orifício anal, a excreção dos impulsos ocorre no fluxo contrário ao da força gravitacional na Terra, quando as pontas do tubo digestivo se encontram em pontos opostos de uma linha vertical. Tais fatores e variáveis são analisados como questões fisiológicas e físicas, sem aplicação de pré-juízo moral sobre elementos ordinários da vida que se tornaram tabu na cultura contemporânea, como defecar, peidar, sexo anal, jejum ou a própria reprodução da palavra e imagem do ânus. A cultura hegemônica do terror anal provoca o riso ou aversão, quando um dissidente confronta a normalidade da plateia através de ações comuns, porém veladas, como a exibição ou excreção sedal.

---

[16] BBC News. 'Blob': o que é a misteriosa criatura com 720 sexos e sem cérebro. BBC News, 2019. Disponível em: https://www.bbc.com/portuguese/geral-50094773. Acesso em: 18 out 2020.

1.1. ESPELHO DE NARCISO

Certo dia, não sei quando, despertei e percebi que eu era eu. De um lugar próprio, posso experimentar a vida mundana material. Tenho um corpo físico, que reflete no espelho. Olho no meu próprio olho, experimento ângulos e expressões da face e do corpo. O espelho é a tecnologia de Narciso. Nele, encontra-se a ideia do presente ser. O reflexo do observador, contrário horizontalmente, projeta a imagem de quem percebe visualmente a si mesmo.

Quando aprendemos que o espelho é uma experiência física óptica que permite visualizar o próprio corpo do observador, lidamos com o reflexo a partir da ideia identitária egóica de um ser em si mesmo, que compreende a alteridade como algo distinto e separado por territórios corporais individualizados. Uma bela escultura é formada, cristalizada com resistência superior ao diamante: eu, o ego-rei narcísico, que ama a si mesmo, sustentado pelo desejo de jamais padecer. Na fracassada busca para imortalizar sua obra prima na terra, si mesmo, "Narciso acha feio o que não é espelho."[17]

Estamos em terras onde urubu é rei. Afinal, quem não deseja ser urubu? Alimentar-se da morte, sem rivais para o aprisionar ou o abater. Poder voar sem o medo de ser atingido por vorazes predadores, sempre à espreita da carne em putrefação. Já avistei bandos à espera da morte de crianças, que se despediram do mundo dos sentidos, sentindo as bicadas ferozes dos carnívoros famintos, que se nutrem da inanição do ser-cadáver. Podemos pensar que tais urubus são aves, mas são também humanos, assim como o rato, o porco, a lesma e a flor, que reflete sobre si mesma, através do protagonismo figurante do seu próprio ponto de observação da realidade.

Ao beber água numa poça, alguns animais podem avistar sua imagem refletida, que dissolve com o toque suave na superfície plácida. Entretanto, muitos que agem desta forma para saciar a sede, como os felinos e caninos, não reconhecem o espelho como um reflexo de si mesmo.

---

17 VELOSO, Caetano. Sampa. In: **Muito (Dentro da Estrela Azulada)**. Phillips (CBD), 1978. 1 CD.

Inspirado na experiência de Charles Darwin (1809 – 1882), quando gravou as reações e expressões faciais de um orangotango em frente ao espelho durante uma visita ao zoológico no século XIX, o teste do espelho é um método de observação que possibilita averiguar quais animais percebem o reflexo como si mesmo. Gordon Gallup Jr, em 1970, aperfeiçoou o método e ampliou o experimento para uma maior variedade de espécies animais. O desenvolvimento tecnológico das filmagens em fitas magnéticas, um século após os tempos de Darwin, facilitou a realização desta experiência. Atualmente, com a digitalização das mídias, o teste do espelho é amplamente difundido na *internet*, tanto em vídeos caseiros, como em zoológicos e reservas de proteção animal, onde gravam as reações dos animais diante dos seus reflexos, com o propósito de pesquisar cientificamente as espécies capazes de se reconhecer no espelho.

Diante do espelho, a diferença entre o comportamento de um indivíduo selvagem e um adestrado, consiste em que, para o bicho que reconhece o dispositivo do espelho, a experiência será habitual e, no caso do humano, elefante ou golfinho, que experimenta pela primeira vez tal recurso, ocorre o processo de investigação e assimilação da tecnologia, contudo, a percepção de que o reflexo reflete a si é uma habilidade inata da espécie animal, não é algo que se possa treinar para acessar.

Enquanto Darwin concluiu uma ambiguidade em relação aos resultados do experimento com o orangotango, Gallup Jr lista nove espécies que passam no teste do espelho:

> Desde 1970, o teste tem sido conduzido em um número progressivamente maior de animais, com algumas espécies de primatas (todos os antropoides: chimpanzés, bonobos, orangotangos e alguns gorilas), golfinhos, baleias assassinas, elefantes e pegas demonstrando autorreconhecimento.[18]

No caso dos humanos, a maioria dos bebês só reconhecem o reflexo com cerca de 18 meses de idade, na terceira e última fase do "estádio do espelho", que nas palavras de Lacan[19]:

---

18 KOSTUCH, Lucyna; WOJCIECHOWSKA, Beata; KONARSKA-ZIMNICKA, Sylwia. Ancient and Medieval Animals and Self-recognition: Observations from Early European Sources. **Early Science and Medicine**, v. 24, n. 2, p. 117-141, 2019, p. 118, tradução nossa.

19 LACAN, Jacques. **Escritos** - 1966. Trad. de Vera Ribeiro. Rio de Janeiro: Jorge Zahar Editor, 1998.

> Basta compreender o estádio do espelho como uma identificação, no sentido pleno que a análise atribui a esse termo, ou seja, a transformação produzida no sujeito quando ele assume uma imagem - cuja predestinação para esse efeito de fase é suficientemente indicada pelo uso, na teoria, do antigo termo imago.[20]

O observador, que desconhece a tecnologia do espelho de Narciso, é capaz de se perceber como entidade autocentrada ou compreende seu corpo como parte integrante do todo?

Alguns animais pensam que há outro à sua frente, por vezes, pesquisam o que é o reflexo no espelho através do contato violento com o objeto inanimado ou fogem amedrontados, como cachorros, esquilos, gatos e alguns macacos. Estes mesmos animais podem demonstrar indiferença, porque percebem que não há outro de fato, devido à ausência de elementos sensíveis, como o odor e o som cardiovascular, que compõem a noção de um corpo. Para alguns animais, o estímulo visual do reflexo no espelho como meio para sentir a presença de um indivíduo, soa quase nulo, como é para nós despercebido o som da batida do coração de uma pessoa que se esconde atrás de um anteparo. Enquanto o canino detecta imediatamente o corpo oculto, o humano, refém da predominância visual, é impossibilitado de identificar a presença do outro através dos demais sentidos enfraquecidos pela ditadura da visão ocular.

Com exceção das pegas, que são capazes de se reconhecer na imagem do espelho, os pássaros podem reagir de modo conflituoso, mas é também comum a ação de namorar, fazer amizade, dançar e brincar com o reflexo.

O método do teste do espelho de Gallup foi criticado como logicamente inválido para determinar a autoconsciência do observador diante das reações ao reflexo, devido à dificuldade de interpretar os resultados negativos: em muitos animais predominam sentidos distintos da visão para compor a noção de corpo próprio e da alteridade. Além disso, humanos portadores de prosopagnosia, também conhecida como "cegueira para feições", podem ter dificuldades ou sequer reconhecer a si mesmo no reflexo, apesar da plena capacidade de autoconsciência.

Portanto, existem corpos autoconscientes incapazes de acessar a tecnologia do espelho, como a maior parte dos animais submersos, até

---

[20] LACAN, Jacques. **Escritos** - 1966. Trad. de Vera Ribeiro. Rio de Janeiro: Jorge Zahar Editor, 1998, p. 97.

então, com exceção comprovada dos golfinhos e baleias orcas. Mas há também seres como as flores e árvores, que codificam a percepção sensorial e simbólica da existência material a partir dos seus próprios meios de computação orgânica. Trata-se de formações corpóreas sencientes, com inteligência em trânsito de informações. Mesmo as composições dissemelhantes dos humanos são seres com consciência, devido à computação orgânica, que compõe o universo e a vida. Ou seja, as pedras, o sol, a lua, as galáxias, os cometas, os buracos negros, o petróleo, cada parte da energia fundamental que compõe a matéria possui memória inteligente, que em associação, gera combinações, ligações, pontes, para formar os átomos e moléculas dos corpos luminosos. A inteligência informática orgânica se apresenta em camadas. Em todos os níveis, há memórias inteligentes, mas muitos cientistas preferem usar o termo inerente para descrever a forma como a vida se auto-organiza na Terra.

A questão aqui é: quando ocorre a noção consciente de que o observador é um corpo separado dos demais seres, por meio de uma geografia imaginária que identifica as fronteiras físicas da entidade subjetiva do ego (altura, circunferência, voz, cheiros, pensamentos, pertencimentos)?

Diante da separação entre os corpos do predador e da presa, a caça para alimentação demonstra que a interconexão existencial nem sempre funciona de forma amorosa e pacífica. Contudo, se pensamos no mundo submarino, a assimilação animal pode derivar em corpos comunitários, que se comportam a partir da cultura de sobrevivência do coletivo, que se move em conjunto, como um corpo único gigante, de partes somadas; como os cardumes de peixes que sincronizam a natação, através do que os cientistas quânticos nomearam de *campo mórfico*. Esta coreografia resulta em corpos compostos por peixes particulares, que se integram para formar um corpo maior, que expressa a inteligência coletiva dos peixes do cardume para compor um meio de proteger a vida individual e coletiva: a amplitude do espectro de observação atribui, às unidades corpóreas, que formam o cardume em que habitam, a aparência dual entre ser a presa ou o predador. Assim, existe a inteligência do corpo-cardume e do peixe-partícula. O mesmo exercício pode ser realizado em sequência micro e macroscópica, mas os olhos humanos são incapazes de visualizar estas projeções ópticas sem o auxílio de aparelhos. Enquanto o afastamento visual apresenta bilhões de anos luz de seres celestes, a aproximação revela que os corpos animais são compostos por células, formadas por moléculas, que combinam átomos (do grego, ατομο, a + tomo = sem parte). Atualmente, a ciência corrobora com o pensamento de que os átomos são divisíveis em partes menores, contudo, por séculos a teoria atomista compreendeu o átomo como "um tipo de corpo mínimo, indivisível e eterno que funcionaria como elemento concreto de todas as coisas que existem."[21]

Na Grécia antiga, desde cinco séculos antes do nascimento de Cristo, Leucipo (há contradições sobre a data nascimento, ou mesmo sobre a sua existência), junto com o seu discípulo Demócrito (470/469 - 380/379 aec), desenvolveram e propagaram a teoria atomista. Entretanto, este pensamento foi cultivado em paralelo na Índia, com registros datados desde VI ou V aec.

> Há pelo menos três correntes principais de teorias atomistas (paramānuvāda) na filosofia indiana — a NyāyaVaiśeṢika, a budista e a jainista — que se desenvolveram a partir do século IV aec. Além destas, há uma anterior, da escola heterodoxa Ājīvika, mais antiga (século VI ou V aec), que poderia ter, de alguma forma, influenciado as demais escolas. [22]

Dois milênios após os filósofos atomistas gregos e indianos, cientistas descobrem que os átomos são formados por partes. A existência dos prótons foi comprovada em 1886, por Ernest Rutherford e Elgen Goldstein. Uma década depois, em 1897, os elétrons foram promulgados por Joseph John Thomson. Em 1913, Bohr lançou um modelo atômico análogo ao sistema planetário: em torno de um pequeno núcleo carregado positivamente e com a maior parte da massa do átomo, orbitam minúsculas partículas de carga negativa. Nesta proposta, encontram-se apenas os prótons e os elétrons, pois os nêutrons demoraram mais tempo para serem revelados: apenas em 1932, James Chadwick divulgou seus estudos sobre os elementos de carga neutra no núcleo dos átomos. Por esta descoberta, ganhou o prêmio Nobel de física de 1935.

Na sequência dhistórica em busca da partícula elementar, os cientistas encontraram o universo quântico subatômico, que expressa comportamentos físicos distintos do mundo macroscópico. A colisão de partículas subatômicas, através dos aceleradores de partículas, eviden-

---

[21] GOMES, Gustavo Laet. **A química atomista de Leucipo e Demócrito no tratado *Sobre a geração e a corrupção* de Aristóteles**. 2018. 266 f. Dissertação (mestrado) - Faculdade de Filosofia e Ciências Humanas, Universidade Federal de Minas Gerais, MG, Brasil, 2018.

[22] *Ibid., loc. cit.*

ciou novos protagonistas da investigação humana sobre a menor parte comum da matéria: os *quarks*, *léptons*, *gluóns* e *bósons*, que apresentam variadas estruturas, cargas elétricas, massas e aspectos motriz.

As afirmações científicas implicam em questões filosóficas existenciais, portanto, as descobertas do final do século XIX sobre a polarização elétrica dos átomos celebram a passagem da noção de corpo-partícula para corpo-energia, uma mudança de perspectiva que modifica amplamente a compreensão empírica do mundo, estabelecida por meio das sensações. Apesar dos avanços dhistóricos do conhecimento, existem pontos cegos na perspectiva científica de que a matéria é composta por pacotes de energia condensados geograficamente, seja em relação ao misterioso comportamento subatômico, ou à presença de outros elementos invisíveis no universo, como a antimatéria, a matéria escura e energia escura.

...

Ver o mundo como espelho implica em ver o outro como si mesmo. Quem sou eu? Quem somos nós?

A percepção de ser parte fragmentada do todo é uma ilusão real. As categorias, que nos identificam, separam os corpos através das supostas diferenças. Mas, quando as fronteiras se apagam, resta o princípio fundamental que forma toda a matéria: fotografia. Energia e vazio nos compõem, em outras palavras, luzes e sombras. Há mais energia na escuridão do que na luz que enxergamos por meio da visão ocular. Divisões entre os sentidos fisiológicos desvanecem junto com as demarcações limítrofes do mundo percebido: fotografia é som, é cheiro, é tato, é sabor, é sinestesia para um corpo-sem-órgãos que se aventura na experiência da escuridão sensorial.

Durante milênios, a metáfora da iluminação foi utilizada para implantar consciência nos corpos ignorantes. Por outro lado, é sábio observar que o ensurdecedor ruído das palavras e imagens, que gritam sem cessar em nossas mentes prisioneiras da razão, cega e silencia a natureza do universo, a qual deixamos de perceber em proveito do consumo viciado de informações luminosas.

Escrever com a luz é grafar a sombra e o silêncio do instante capturado em solitude. O silêncio é barulhento. O escuro é solar. A solitude é composta por multidões, pois Ser é estar acompanhado por disformes reflexos fractais das projeções paródicas de si mesmo. Entretanto, sentimos a ilusão real da separação dos corpos por meio dos egos. O "eu" é a tecnologia existencial que deve ser corrompida para experimentar o silêncio no espelho da solitude. Desidentificação: o outro sou eu?

...

Penso que o corpo humano é como o das aranhas, cigarras e outros insetos, que abandonam a velha carcaça para renascer numa nova estrutura. Para os humanos, a mudança estrutural é possível através de cirurgia plástica prostética, entretanto, as células estão em constante renovação, inclusive, as células ósseas e nervosas. Nesta perspectiva, alimentação, pensamentos, emoções e experiências condicionam tais atividades de reciclagem orgânica.

Sinto estar num momento de morte e renascimento em vida. Como um inseto, preciso reformatar meu exoesqueleto, já não sou mais quem eu era tempos atrás. Sonho sair do casulo com um doloroso bater de asas das borboletas. A vida dos insetos efemerópteros é fugaz, mas cumprem o processo preciso para a perpetuação da espécie, no máximo, em 24h. Desta forma, os insetos realizam o que humanos em décadas não conseguem atingir. A referência de tempo é outra. Não há tempo a perder, a aprendizagem genética é a principal escola. A vida breve é plena, pois não permite que escape o essencial. Mas o que é o essencial? Alimentar-se e defecar? Copular e se reproduzir? Ou nascer e morrer? Morrer em vida pode ser um deleite. Viver pode ser deprimente. Renascer é enterrar os destroços do cadáver em vida, deixá-lo no passado para viver o atemporal presente. Desejo morrer todos os dias para renascer na impermanência de um sábio fluxo ao qual não tenho controle. Sentir-me um asqueroso inseto é maravilhoso. Ser abjeto revela a busca primordial para o humano que se permite transmutar a todo instante, carregado de referências simbólicas, despidas como camadas de uma cebola.

> Freud escreve que o eu é feito da sucessão das suas identificações com os objetos amados que lhe permitiram tomar a sua forma. O eu é um objeto feito como uma cebola, poder-se-ia descascá-lo, e se encontrariam as identificações sucessivas que o constituíram.[23]

Términos não relatam o fim da dhistória, são pontos de virada. Devo seguir em frente sem temer o agora, pois nada mais resta após o enter-

---

23 LACAN, Jacques. **O Seminário – Livro 2 – O eu na teoria de Freud** - 1953-1954. Rio de Janeiro: Jorge Zahar Ed, 1986, p. 199.

ro da minha carcaça cadavérica em putrefação. Quem sou eu? É a pergunta mais complexa que já me fiz; respondo: sou um devir amorfo, repleto de memórias e experiências. Aqui e agora, o passado e o futuro não são distintos, pois se unem para formar o presente. Não sei se sou caso ou acaso cósmico, mas integro parte do todo misterioso, separado por uma sensação egóica que constrói o Eu. A desidentificação do ego é uma busca que frustra, mas nesta caminhada sem início ou fim, ocorre a expansão do olhar sobre o mundo. Quanto mais nos distanciamos do que acreditamos ser, da identificação do Eu sou, maior a difusão do corpo, que de sólido, torna-se líquido e, ao evaporar, esfumaça como as nuvens, que em precipitação deixam a existência anterior para ganhar novas formas cíclicas.

Perceber-se como combinações de polaridades energéticas vagando no espaço vazio através do tempo revela uma essência em comum com as demais formas materiais do universo luminoso; ou seja, esta generalização exclui a energia e matéria escura, pois tais ocorrências não interagem com a força eletromagnética, portanto, não absorvem, refletem ou emitem luz, fator que torna sua detecção possível apenas através da gravidade. Assim, apesar do ego desejar ser exclusivo, somos o todo e não nos diferenciamos, apenas nos identificamos.

A morte do ego é revolução. Cadáveres reanimados é o retorno às trevas do passado, que denota o resultado: passou, portanto, é fantasmagoria e não realidade. Renascimento é a chave para viver o presente com gratidão, pois as possibilidades de futuro se renovam a cada instante para o corpo que assim desejar perceber a experiência mundana. Posso renascer na forma que eu desejar e o desejo pode passar; assim, olho o espelho sem me reconhecer, permitindo a difusa e inebriada busca pelo autoconhecimento ao anular a identificação do que acreditei um dia ser. Hoje, nada sou. Amanhã devir serei. O que ontem fui, já não sou mais. Identidade é um papel com a numeração que o Governo talhou em meu corpo, como as vacas ou ovelhas de um rebanho, que seguem o pastor com as marcas na pele da queimadura imposta por alguém que se considera proprietário dos corpos ordenhados. Enquanto a numeração é fixa, assim como a identificação do que compreendia como Eu, meus corpos vivem constante mutação, mesmo que não as perceba. A rigidez do padrão é artificial, pois natural é a impermanência. Se nada sou, para que serve este questionamento? Para me desidentificar da arquitetura do Eu, consolidada como permanente, mas felizmente, meu corpo falece a todo instante. Deste modo, "a subjetividade não é a identidade imóvel consigo: para ser subjetividade, é-lhe essencial, assim como ao tempo, abrir-se a um Outro e sair de si."[24]

Falo Eu, pois assim aprendi por meio da língua portuguesa a me identificar em relação à alteridade. Identifico-me com meu ego, que simula um corpo físico; mesmo quando aprendo racionalmente, que a desconexão entre os corpos é uma ilusão compreendida como real, percebo o poder da programação do Eu. Desidentificação aparenta ser um caminho arriscado nos debates acadêmicos sobre a cultura e sociedade, pois vivenciamos uma fase dhistórica de melhorias do bem-estar de populações vulneráveis através do fortalecimento dos movimentos identitários de resistência contra a opressão hegemônica. Entretanto, as identidades pré-determinam as características performáticas e prostéticas dos corpos e das subjetividades pertencentes ao grupo. Não há expressão pura do corpo, ou seja, sem contaminação discursiva, portanto, a performance corporal é um ato político em si.

Em geral, os seres humanos fracassam nas reproduções paródicas das identidades sexuais e de gênero, neste sentido, alguns estudos cunharam a perspectiva pós-identitária, com o propósito de elaborar a desconstrução conceitual, que desnaturaliza a noção de que os corpos humanos são divididos em duas polaridades sexuais orgânicas, criadas para fins reprodutivos. Na narrativa hegemônica, os desviantes sexuais seriam caminhantes entre os dois extremos fixos, nunca outra possibilidade desconhecida. Quando a sigla do movimento de afirmação das identidades não-cisheterossexuais passou a crescer sem controle, uma vertente de estudos propôs olhar os corpos como devires, que escapam dos padrões pré-determinados de identificação, que nos encaixotam em categorias distintas de pertencimento social e cultural; O devir dos corpos fluídos, proposto pela teoria pós-identitária, enaltece a singularidade da expressão sexual da subjetividade. Desidentificação é um ponto de partida na reprogramação descolonizatória para a autonomia. Apesar da situação dhistórica e das conquistas políticas que os discursos identitários alcançaram, desidentificar-se do que o ego reconhece como si mesmo é um meio para se conectar com a rede de subjetividades sem fronteiras frontispícias. A máscara que deve cair é a do observador, no lugar do observado.

...

---

[24] MERLEAU-PONTY, Maurice. **Fenomenologia da percepção** - 1945. Tradução de Carlos Alberto Ribeiro de Moura. 2ª edição. São Paulo: Editora Martins Fontes, 1999, p. 571.

A qual ponto é possível dilatar os conceitos sem que estes percam o sentido? Por exemplo, se podemos expandir a noção de que os órgãos sexuais correspondem à todas as partes do corpo e não apenas aos aparelhos potencialmente reprodutores, ou mesmo considerar os corpos sem órgãos, para que serve significar uma unidade biológica a partir da ideia de sexualidade? Se, assim como as identidades de gênero, o sexo é uma ficção que aprisiona os fluxos desejantes dos devires humanos dentro de códigos simbólicos e materiais preestabelecidos, tais propostas tipológicas formulam fábulas colonizatórias desnecessárias para a compreensão e o olhar sobre os corpos? Então, por que seguir analisando a vida a partir de conceitos impertinentes com a realidade biológica e com as práticas sociais, no lugar de apenas os soterrar? De que forma estas perspectivas semânticas implicam na materialidade dos corpos? Pensemos do fim para o começo: a construção material dos corpos.

Georges Bataille[25] inicia o texto "Ânus Solar" com a constatação de que o mundo é paródico:

> Por isso o chumbo é a paródia do ouro.
> O ar é a paródia da água.
> O cérebro é a paródia do equador.
> O coito é a paródia do crime.
> O ouro, a água, o equador ou o crime podem ser enunciados indiferentemente como o princípio das coisas.[26]

Pensar as identidades, gêneros, sexualidades e anatomias do corpo através da perspectiva da paródia, demonstra que os devires dos corpos reais são incapazes de enunciar as supostas formas primordiais, autenticas ou originais, mas reproduzem metáforas das ideias que lhes convém o pertencimento. Ou seja, na vida real, por exemplo, os seres machos e fêmeas são puras paródias de ideias que antecedem a expressão anatômica dos corpos. Tais materializações paródicas dos conceitos de macho e fêmea resultam em composições burlescas e grotescas que rememoram as convenções simbólicas, jamais de forma verossímil, pois "a vida é paródica e uma interpretação lhe falta."[27]

---

25 BATAILLE, Georges. O Ânus Solar - 1931. In: ASSÍRIO e ALVIM. **O Ânus Solar (e outros textos do sol)**. Lisboa: Assírio & Alvim, 2007. p. 45.

26 *Ibid.*, *loc. cit.*

27 *Ibid.*, *loc. cit.*

Por este motivo, os humanos, inevitavelmente, falsificam/burlam as convenções culturais: ser fêmea, ser macho, ser mulher cis, ser mulher-trans, evocam categorias linguísticas que prescrevem o princípio dos devires-paródicos. Qualquer que seja a língua que se fala, ela funciona como dispositivo técnico que aprisiona e coloniza os significados. Ou seja, toda palavra é, em si, uma metáfora, paródia da ideia.

Diante da impossibilidade de reproduzir a matriz de uma ideia, mesmo os corpos conformados com a heteronormatividade e seu famoso sistema linear "sexo-gênero-desejo-prática sexual" fracassam quando percebidos como paródias grotescas que corrompem a norma. O mais belo dos corpos é um devir-cadáver, assim como uma flor exuberante, que por um breve lapso no tempo, apresentou uma forma paródica do belo, mas que logo sucumbiu a tamanha feiura que os olhos humanos já não mais suportam olhar, como "não suportam o sol, nem o coito, nem o cadáver, nem o escuro, embora o façam com reações diferentes."[28]

Para Halberstam[29], o fracasso é a recusa do sucesso, que, por sua vez, consiste na "busca da confirmação do já conhecido; o que nos exige um comprometimento com a repetição, a tradição, o método, a disciplina e a norma."[30] Neste sentido, Cysneiros[31] compreende que "o sucesso está intimamente relacionado às ideias de progresso, permanência e lucro", enquanto "o fracasso passa diretamente pelo território da estranheza [*queerness*] que, [...], significa uma recusa da coerência da identidade, da completude do desejo, da clareza do discurso ou da sedução do reconhecimento."[32]

> O fracasso, por consequência, é o não lugar discursivamente construído para abrigar e conter aqueles que foram discursivamente constituídos como ininteligíveis por seus desejos – e/ou corpos – orientarem-se ao

---

28 *Ibid.*, p. 48.

29 HALBERSTAM, 2011 *apud* CYSNEIROS, Adriano B. **Da transgressão confinada às novas possibilidades de subjetivação: resgate e atualização do legado Dzi a partir do documentário "Dzi Croquettes".** 2014. 114 f. 2014. Tese de Doutorado. Dissertação (Mestrado em Cultura e Sociedade) – Universidade Federal da Bahia, Salvador.

30 *Ibid.*, p. 78.

31 *Ibid.*, *loc. cit.*

32 *Ibid.*, p. 77.

novo, ao irrepetível, ao irreprodutível e/ou àquilo que não é rentável ou lucrativo, o que não trará retorno objetivo e mensurável.[33]

Esta perspectiva distingue sujeitos capazes de atingir o único caminho do sucesso da heteronormatividade, em oposição aos desviantes abjetos fracassados que performatizam outros devires de sexualidade, gênero e família. Contudo, esta metodologia conceitual não compreende o fracasso do esforço paródico para ser semelhante ao ideal do macho e da fêmea. Próteses e abjeções são elementos imanentes do corpo animal. No caso dos humanos, o apego ao mundo simbólico e o desenvolvimento tecnológico estruturou uma complexa rede de práticas de implantes e amputações para a conformidade identitária: vestimentas e acessórios, silicones para modelar os corpos, implante de cabelos, dietas alimentares e exercícios físicos para engordar e emagrecer, reconstruções médicas da anatomia, ingestão de hormônios, extração de diversas partes do corpo, como membros saudáveis, órgãos, dentes, gorduras através da lipoaspiração, prepúcio dos pênis judaicos e os clitóris de diversas vaginas que nasceram em territórios culturais em que esta prática foi assimilada dhistoricamente, além de muitas outras intervenções prostéticas ordinárias. Também ocorrem os implantes e amputações imateriais, como dos gestos, pensamentos, desejos e afetos.

Se existem homens cis e mulheres cis heterossexuais que se esforçam para manter uma aparência semelhante aos modelos icônicos construídos pelo cistema, através de cirurgias plásticas para recondicionar a estrutura do corpo, seja para aumentar os seios, readequar a genitália ou implantar cabelo, o propósito é o mesmo: atingir a aparência desejada. Neste sentindo, as perfomatividades paródicas dos corpos cisgêneros são tão burlescas, fraudulentas e grotescas quanto qualquer outra expressão sexual dissidente. A ideia que distingue as mulheres-de-verdade, mulheres-biológicas, mulheres-XX, por um lado, e as mulheres trans, por outro, sistematiza a noção de que o desejo de transformação da condição material é uma anomalia exclusiva das expressões que desviam da cisgêneridade. Os devires paródicos dos corpos, entretanto, evidenciam que as transmutações prostéticas são desejos e práticas comuns nas diversas identidades sexuais e de gênero, inclusive, em homens cis e mulheres cis.

---

33 CYSNEIROS, Adriano B. **Da transgressão confinada às novas possibilidades de subjetivação: resgate e atualização do legado Dzi a partir do documentário "Dzi Croquettes"**. 2014. 114 f. 2014. Tese de Doutorado. Dissertação (Mestrado em Cultura e Sociedade) – Universidade Federal da Bahia, Salvador, p. 78.

De fato, a condição financeira define os métodos de intervenção corporal. A marginalização social das trans reflete nas possibilidades de intervenção prostética, pois as impedem de desfrutar dos onerosos serviços hospitalares. Esta condição social excludente estabilizou práticas clandestinas de modificações corporais dentro do universo trans, em que o papel institucional do médico cirurgião plástico é substituído, por exemplo, pelo conhecimento empírico das "fadas madrinhas bombadeiras", com suas varinhas de beleza e sofrimento – injeções de silicone industrial, aplicadas em diferentes partes do corpo, sem morfina para anestesiar a dor. O risco é evidente e o resultado, por vezes, resulta trágico. A implantação clandestina de silicone industrial, realizada por pessoas trans que se prostituem na cidade de Salvador, é o tema central que move a narrativa do filme documentário "Bombadeira"[34] (2007), dirigido por Luis Carlos de Alencar. Nesta obra, Cíntia Guedes[35] observa que as próprias personagens conduzem a narração e os acontecimentos das cenas, configurando uma auto-mise-èn-scène.

Enquanto a paródia das mulheres que possuem falos é abjetada do sistema hegemônico, as mulheres com vaginas são vistas como expressões autenticas da ideia original, quando, em realidade, são tão paródicas quanto as ditas trans. Assim, os corpos sempre fracassam quando o objetivo é atingir a heteronormatividade através de processos de (re)construção prostética e simbólica, sejam estas materialidades lidas como cis ou trans.

A dhistória institucional de coerção dos corpos reduziu a noção de órgãos sexuais ao cistema reprodutivo humano. Contudo, os esforços políticos, artísticos e teóricos de libertar outras partes do corpo para funcionarem como anatomias erógenas, resultam na compreensão de que o corpo inteiro é sexuado; ou, de modo mais radical, que não existem órgãos sexuais pré-discursivos, portanto, a materialidade dos corpos não estrutura um a priori padronizado que possa ser enquadrado no conceito cientifico de sexo reprodutivo. Ao contrário, vários corpos sequer respeitam a premissa reprodutiva e a divisão rígida e exclusiva entre corpos fálicos e vaginais: além das próteses e amputações que realizamos ao longo da vida, intersexuais, guevedoces e agenesia

---

34 ALENCAR, Luis Carlos. **Bombadeira**. Documentário longa-metragem (76 min). Singra Produções, 2007.

35 GUEDES, Cíntia. **Desejos desviantes e imagem cinematográfica**. Orientador: Leandro Colling. 2015. Dissertação (Mestrado em Cultura e Sociedade) – Instituto de Humanidades, Artes e Ciências. Universidade Federal da Bahia, Salvador, 2015.

gonadal são exemplos de possibilidades reais com memórias genéticas que demonstram a impertinência de convencionar o conceito de sexo fundamentado na reprodução heterossexual. Ao considerarmos o corpo como uma anatomia integrada de fluxos de desejo e prazer, os casos de pessoas que desejam amputar membros saudáveis teriam uma relação importante com a sexualidade. Esta noção de sexo não se refere aos pensamentos da psicanálise que explicam a sexualidade a partir do complexo de Édipo, apenas compreende a materialidade corporal em sua totalidade, como objeto sexualmente discursivo. Nesta perspectiva, o desejo de amputar partes do corpo consiste num desejo sexual abjeto, capaz de gerar um gozo comparado ao nirvana por Robert Vickers[36]. Acredito que o conceito de sexo não é necessário para o devir das culturas humanas, nem para ler um corpo, mas é evidente que a sexualidade no tempo presente é um campo de luta e resistência contra a coerção discursiva das instituições hegemônicas de poder.

O futuro é sempre um conjunto de possibilidades em disputa e mesmo as rígidas convenções culturais da heterossexualidade compulsória são modificadas no curso dhistórico. Isto significa que os fluxos de desejos e práticas dos indivíduos configuram uma rede rizomática complexa e heterogênea, que foi ignorada pelos discursos científicos e religiosos, que estruturaram a ilusão da homogeneidade dos corpos humanos. A aparência homogênea, contudo, é uma limitação da leitura sensorial e simbólica humana, pois, assim como não somos capazes de ver a olho nu as divisões moleculares, atômicas e quânticas da matéria, tampouco somos capazes de perceber e codificar as diferenças das subjetividades através de conceitos científicos e convenções linguísticas que busquem padrões éticos e estéticos universais.

Se, por um lado, reduzir a compreensão de si mesmo à agrupamentos humanos por semelhanças identitárias, revela categorias que nos iguala a qualquer objeto cósmico luminoso. Por outro, há o caminho da desidentificação do ego, que se sente distinta partícula, mas busca a compreensão de uma rede rizomática, que unifica os egos numa (in)consciência coletiva em escala métrica ascendente e descendente da morfologia.

---

36 VICKERS, Robert *apud* HORTA, Mauricio. **4 é demais**: as pessoas que amputados por opção. Super Interessante. Abr. 2011. Disponível em: https://super.abril.com.br/ciencia/amputados-por-opcao-4-e-demais/. Acesso em: 27 nov. 2014.

Neste sentido, a compreensão de Freud, resgatada por Lacan[37], sobre o Eu, constituído na forma de um objeto composto por uma sucessão de camadas de identificações, descascáveis como uma cebola, pode ser reativada sob o espectro das sensações: as sensações são um tipo de apreensão-expressão do sistema de identificação: identificamos as dores, os prazeres e outras qualidades que sentimos habitar no mundo.

Assim, o Eu, na forma de uma cebola, possui na parte externa uma epiderme de proteção rústica, que abriga as camadas internas sutis. A casca seca é necessária para a retenção do conteúdo interior nesta realidade espaço temporal, portanto, fica impregnada de poluição exterior. A superfície é a emissora primária dos pacotes de sensações que percebemos e nela, por vezes, permanecemos. A avidez, a raiva, as dores, a fome, a falta, os desejos, o sofrimento, os prazeres, as sensações carnais gritam em primeiro plano no corpo. Se permanecemos atados a estes blocos de sensações grosseiras, concentramos a atenção nos elementos densos da experiência. Ao acessarmos as camadas interiores, percebemos pacotes cognitivos e sensoriais sutilizados, distintos do exterior endurecido. A camada sutil, exposta às intempéries, volta a enrijecer e a se contaminar com as impurezas ao redor, mas há sequelas permanentes à cada camada de realidade cognitiva e sensorial adentrada. Progressivamente, percebemos a redução da dominação feroz do ego. Sem exercícios de limpeza, existem prejuízos em relação à experiência pós-faxina. Pode se tornar um lar mais sujo do que o ambiente anterior à limpeza, a depender da rotina subsequente e dos métodos, técnicas e materiais de higienização. Há ações de limpeza que podem sujar e bagunçar mais. Enfim, caso permaneça na rotina de limpeza, as camadas do ser-cebola serão descamadas ao ponto do encontro com o centro vazio do corpo. Nesta situação, relatam a plena observação da realidade e a dissolução completa da parte individualizada, pois se encontra o estado de interconexão universal (uni + verso = unidade de versos). Este é um ponto do caminho ao qual muitos Budas alcançaram durante a dhistória da humanidade. Gautama Sidarta, ou Buda, há mais de 2.500 anos, foi um deles. O ego ardente de um buscador que quebrou partes da casca afirma querer ser Buda. A árdua prática empírica da caminhada transforma o desejo de seguir a descascar a cebola para desfrutar o ambiente sutilizado encontrado. Aos poucos, a avidez de conhecer o ponto seguinte estimula o buscador a levantar acam-

---

[37] LACAN, Jacques. **O Seminário – Livro 2 – O eu na teoria de Freud** - 1953-1954. Rio de Janeiro: Jorge Zahar Ed, 1986.

pamento e seguir a trilha percorrida por nossos ancestrais. Quantas camadas compõem a cebola?

Aversões e avidezes silenciam em decorrência da caminhada. Por ser longa e árdua, a jornada oferece a possibilidade de desfrutar dos encontros e desencontros do caminho, do qual não se sabe se chegará ao final, se há final. A trilha é em direção ao oásis divino. Enquanto isso, os desertos que atravessamos expressam belezas deslumbrantes. Podemos nos apegar ao calor do sol ou sentir a sensação de modo equânime (sem aversão ou avidez) e agradecer a existência que este astro de luz possibilita na Terra aqui e agora. Se há como refrescar na aridez do trajeto, aproveito o momento de deleite, que como o de dor, passará. A dor do calor pode ser a porta de entrada para camadas mais internas das sensações, basta observar o que se sente sem julgar o sentimento, observá-lo até passar, dissecar a expressão das sensações, localizar os pontos de emissão, permanecer atento, sem reagir aos impulsos de avidez e aversão que o calor do deserto provoca. Fontes d'água, cachoeiras, lagos, mares, rios em florestas e muitas outras paisagens paradisíacas compõem também a jornada, em entre-lugares específicos. São zonas de conforto, que podem persuadir o observador a permanecer. E permaneço para descansar e estudar os caminhos a seguir, enquanto desfruto da generosidade do local onde estou. Muitos locais, com o tempo de consumo predatório, tornam-se impróprios e os que ali se banham, partem em grupos nômades em busca das terras habitáveis. Antes que o local me expulse, como muitas vezes ocorreu, partirei após justo descanso da incessante busca interior. É o meio para escapar da prisão dos sentimentos densos: o fora se encontra no íntimo interior do corpo-prisioneiro. No centro vazio da cebola, coberto de múltiplas camadas sensoriais e cognitivas, encontra-se uma porta para fora da prisão. Choro para descascar a cebola, dói, os olhos ardem, a vontade de interromper o processo é constante, mas a sensação de limpeza é revigorante. A quantos passos estou do centro? Não há como saber, creio estar longe, pois há de cultivar a paciência para seguir com resiliência. Pode-se estar diante da última camada, mas a descrença por medo de se frustrar imobiliza o observador, que permanece diante do bloqueio sensorial e cognitivo, sem acesso ao portão da liberdade. Como um jogo de videogame, caso o objetivo seja "zerar", é prudente aproveitar ao máximo as vidas disponibilizadas pelo programa. Ou "reseta" e recomeça.

Eu te pergunto: você sente que seu Eu é o corpo material, que se enxerga no espelho através dos olhos, ou sente habitar o corpo? Atualmente, sinto-me inquilino de um corpo, que vai passar. A (in)consciência, repleta de memória, seguirá o fluxo da existência. A matéria é uma composição magnânima, que nos torna amebas na escala orgânica sideral. Ao passo que o corpo é um universo em si mesmo, na escala microscópica. Entretanto, a matéria e a energia (luminosa), que conhecemos e compreendemos como realidade, representa menos de 5% da composição do universo. Diante da presença de massa e gravidade sem emissão eletromagnética, os cientistas ocidentais, na passagem do século XX para o XXI, nomearam de matéria escura e energia escura os 95% restantes da realidade material do universo. E ainda têm os mistérios da antimatéria.

O Eu é a fronteira entre a macroscopia e a microscopia, ambos, invisíveis aos sentidos humanos tradicionais sem mediação técnica. Não se pode ver o universo inteiro, tampouco, um *quark*. Mas, por meio de tecnologias ópticas, é possível projetar em 3D, a representação, conforme as teorias científicas em vigor, do mapa astronômico ou do universo subatômico, seja com esferas ou traços de energia. Desta forma, o conhecimento científico sobre o universo é mediado por mídias, que simulam a perspectiva vigente sobre a realidade, dentro de códigos simbólicos acessíveis ao humano, sobretudo, através da óptica e matemática. Assim, a humanidade prioriza o estudo do universo através de cálculos e imagens. Contudo, há coisas que exigem intensa abstração para configurar referências simbólicas, ou mesmo, a existência de presenças que a razão e a imaginação não dão conta de compor, como, por exemplo, a imensidão do universo em que estamos inseridos, ou a não-localidade espaço-temporal do mundo quântico. Afinal, como estabelecer uma configuração simbólica para expressar o nada, que preexiste tudo?

...

A construção da noção de mundo baseada na perspectiva da materialidade visível calculável, desvalida outros métodos de obtenção de conhecimento sobre a realidade. Tal ceticismo em relação ao invisível, intangível, imaterial, ignora a existência de fenômenos presentes, enquanto condiciona narrativas mirabolantes sobre a vida, com personagens que apresentam comportamento surreal. Seja no micro, ou macro, as narrativas científicas sobre a realidade são dignas de estrelar como enredo de ilustres ficções.

Analisar fatores implica no ato de estabelecer unidades para encontrar a explicação sobre o todo, através das relações entre os fragmentos do saber dispersos no holograma. A busca, portanto, não objetiva o certo e o errado, a verdade ou a mentira, mas contemplar as diferentes formas de expressão do conhecimento, que carregam a própria dhistória, os próprios discursos e métodos, disponibilizados por uma espécie de vida cósmica que pode avaliar os estímulos através de uma entidade que chamamos de consciência. Nesta navegação entre os provisórios saberes, o presídio das ilusões reais se constitui como um mundo físico no espaço-tempo, que captura a atenção do observador para dentro do jogo fenomenológico da percepção; contudo, há brechas de escapes, cada vez mais raras e distantes, devido ao domínio imperialista da cultura capitalista, mas que são protegidas por herdeiros do saber como tesouros ancestrais. As técnicas de meditação são um desses exemplos da alquimia ancestral, que opera na prática experimental por meio de uma compreensão da existência que extrapola o domínio material do espaço-tempo. Através dos estudos quânticos realizados no século XX, que utilizam a linguagem matemática para compreender as observações, a filosofia científica começou a se aproximar do entendimento ancestral sobre a matéria como uma forma de expressão da energia, que difere a depender da escala e dimensão da realidade em observação. No caso da meditação *vipassana,* a linguagem é o exercício prático, que joga com as sensações e a atenção, para reformular a percepção e acessar o saber sobre a vida. Num fluxo reverso ao do saber letrado, pensado, visualizado, a meditação *vipassana* silencia os estímulos. O que chegar não precisa ser destruído, pode ser observado, mas a atenção deve se ater às sensações físicas, pois são estas as portas de entrada para o universo profundo do ser. A renúncia de atender às dispersões, às urgências, confronta a instabilidade dos estímulos com o desejo de reação: parar, fechar os olhos, sentar e observar um movimento constante que não depende da atenção consciente para seguir o fluxo, como a respiração e as sensações físicas, que passam a caminhar junto com a atenção localizada do observador em meditação *vipassana*. A cientificidade do método é demonstrada através das milenares repetições técnicas realizadas por corpos que se propuseram a embarcar nesta pesquisa sobre a vida. Grande parte do sucesso desta prática de meditação é devido ao sofrimento profundo, que convive com a maioria das pessoas. Esta noção sobre o corpo, que extrapola a matéria, as sensações e os sentimentos superficiais, acessa as profundezas da existência do Eu, que navega num ambiente iluminado e ruidoso, como uma televisão zapeada, que repousa em programas por breves momentos, ou em inesperadas sequências musicais de uma rádio. Com o tempo, percebe-se uma repetição dos padrões audiovisuais durante a meditação. Nada é um problema, tudo é uma identificação. Com a mente calma, escavamos as memórias que soterramos e, por isso, é comum chorar durante o retiro *vipassana*, pois liberamos dores enraizadas. A impermanência do fluxo é, portanto, a noção fundamental da navegação em meditação. Assim, as figurações identitárias de um Eu perene são dissolvidas, para, então, perceber o Eu como potência de vir a ser existência, através da captura de representações simbólicas de si e do mundo exterior. Não nos cabe destruir o reino dos signos em que estamos aprisionados, apenas aceitar e navegar, sem que uma ideia possa nos algemar como uma identidade permanente sobre si mesmo. Ou, se preferir, o observador pode se acomodar numa dessas ilhas do saber e permanecer até o fim da vida. Esta localização no tempo e no espaço, contudo, jamais será capaz de definir a totalidade do ser que ali escolher habitar. Mesmo o corpo, a nau que nos possibilita navegar no mar de *Maya*, é provisória e refutável. O piloto, o Eu, porém, é indestrutível, pois nunca foi construído. Assim, o Eu está submerso no campo do devir virtual, num jogo de probabilidades de potências de vir a ser existência/ experiência.

A perspectiva que considera a imaterialidade do piloto do corpo está presente em diversas espécies de literatura, inclusive, a científica. Apesar da contaminação do discurso materialista, a ciência formula teorias sobre entidades como mente e espírito para explicar a experiência da vida consciente. Desta forma, existem dois aspectos interconectados a serem observados, o do universo das formas e o da dimensão imaterial.

...

Karl Pribram[38], um eminente cientista do cérebro que incorporou a neurologia, a física, a psicologia, a filosofia e a cultura, em suas pesquisas realizadas nos grandes laboratórios do presídio, considera que, como "resultado da revolução industrial e dos avanços científicos modernos,

---

[38] PRIBRAM, Karl H. **The form within**: My point of view. Westport: Prospecta Press, 2013, p. 489, tradução nossa.

geramos uma sociedade materialista que falha em atender à busca espiritual que nos nutre." A partir dos resultados experimentais e das interpretações deduzidas, relatadas em seu livro "A forma de dentro" (*The form within*, 2013), Pribram compreende que podemos traçar uma inversão científica desta imagem estritamente materialista de nós mesmos.

> Quando nós, humanos, encontramo-nos em situações de difícil navegação, buscamos "formular" a situação, ou seja, criar a forma como base para continuar nossa navegação: criamos histórias ou fazemos ciência, ou ambos. A busca pela forma pode ser vista como um esforço espiritual.[39]

Assim, quando encontramos um problema que nos exige atenção, buscamos formular a observação, ou seja, criar um padrão formal (dhistórias, equações, teorias científicas, doutrinas religiosas, imagens) para fundamentar a continuidade da navegação. Por este motivo, Pribram[40] sublinha que a busca perseguida pelos cientistas é espiritual, uma busca na qual o *Homo sapiens sapiens* se destaca.

A definição comum de "espírito", como uma entidade imaterial, assemelha-se às noções da teoria da regulação neurológica estruturada como um sistema de controle termodinâmico programável, pois "é um empreendimento científico que se baseia na utilização de formas de energia, não de matéria. Além disso, as descrições de *holofluxo* (o potencial quântico, energia do ponto zero) e holografia quântica são desprovidas de qualquer estrutura de espaço-tempo."[41] Neste sentido, as descobertas realizadas durante os séculos XIX, XX e XXI, evidenciaram no campo científico, padrões, anteriormente investigados sob a rubrica "espíritos".

> Houve um tempo em que os processos cerebrais eram descritos como mediados pela "respiração" - isto é, pelo espírito. Agora afirmamos que esses "espíritos" são elétricos e, na teia de pequenas fibras, eles formam campos elétricos. E à medida que continuamos a explorar os efeitos do magnetismo e dos "fótons suaves", ou seja, do calor, é provável que descobriremos muito mais sobre o processamento cerebral que afirma nossa natureza espiritual.[42]

Como observa Pribram[43], "o *Homo sapiens* experimentou o aspecto espiritual do 'ser' desde o início de nossa espécie. A ciência é uma

---

39 *Ibid.*, p. 490, tradução nossa.
40 *Ibid.*, *loc. cit.*, tradução nossa.
41 *Ibid.*, *loc. cit.*, tradução nossa.
42 *Ibid.*, p. 490/491, tradução nossa.
43 *Ibid.*, p. 491, tradução nossa.

busca e, como tentei mostrar, não há razão para que os cientistas continuem a restringir essa busca para ficar confinada apenas à composição da matéria."

> Muitas declarações foram feitas recentemente de que a ciência baniu a humanidade do centro de seu universo e, portanto, empobreceu sua espiritualidade. Essa não tem sido minha experiência como cientista - nem a de muitos de meus colegas. Na verdade, conforme eu os li, os principais contribuintes para nos mover de uma visão egocêntrica de nós mesmos - os cientistas que fizeram as principais contribuições para a revolução copernicana, para a evolução darwiniana ou para a psicanálise freudiana - nunca expressaram qualquer apagamento de espírito ou espiritualidade. Muito pelo contrário, todos eles eram "pensadores" profundos, isto é, duvidosos. É aí que reside um paradoxo.[44]

Ou seja, o paradoxo consiste na desconfiança sobre o regime de verdade, pois o cientista refuta as crenças para estruturar novas certezas provisórias. Assim, "sem a dúvida, não há crença. Se não houvesse dúvida, as experiências simplesmente existiriam. Como no caso do materialismo e do mentalismo, um não poderia ser articulado sem o outro"[45]:

> A dúvida engendra a busca e a busca engendra a crença. A crença vem em uma gama de ambigüidade e, portanto, oferece-nos uma gama de certezas - e cada um de nós difere em nossa tolerância à ambigüidade. A certeza pode estar centrada em você mesmo ou no mundo em que navegamos.[46]

Nesta perspectiva, Pribram[47] compreende que as experiências humanas envolvem qualidades espirituais e não materiais, pois grande parte de sua pesquisa neurológia "lida com formas, com padrões, que não são, em si mesmos, matéria per se. Esses padrões podem ser considerados complementos espirituais da matéria." Portanto, sublinha que "o espírito e a espiritualidade passaram a ter status de temas maduros para a investigação científica."[48] Assim, deve-se destacar que, por possuir padrões formais, a imaterialidade do espírito é distinta do nada, pois lida com elementos cartografados no espaço-tempo.

---

44 *Ibid.*, p. 494, tradução nossa.
45 *Ibid.*, *loc. cit.*, tradução nossa.
46 *Ibid.*, *loc. cit.*, tradução nossa.
47 *Ibid.*, p. 495, tradução nossa.
48 *Ibid.*, *loc. cit.*, tradução nossa.

Pribram[49] defende que "o que tem faltado nas ciências do cérebro é uma alternativa ao materialismo baseada na ciência. A forma fornece essa alternativa." O autor difere o conceito de forma através de duas correntes: forma como contorno (*shape*) e forma como padrão (*form*). O autor ressalta que a maioria dos neurologistas são materialistas, assim, grande parte dos cientistas do século XX explicam o cérebro por meio de descrições da forma como contorno (*shape*), no lugar de forma como padrão (*form*).

Enquanto a matéria forma contorno, a comunicação, por meio da transmissão de informações, é formada por padrões. Neste sentido, "uma mudança do materialismo (explicações em termos de matéria) da Revolução Industrial do século 19 e início do século 20 para esse entendimento 'formal' da informação como padrão está anunciando a Revolução das Comunicações hoje."[50] Entretanto, como observa Pribram[51], as medidas de informação são insuficientes para transmitir as impressões e expressões pelas quais pensamos e nos comunicamos, pois quando falamos, buscamos significar a informação. "O significado é formado pelo contexto, o contexto social, histórico e material dentro do qual processamos a informação."[52] Portanto, a medição da "informação" deve ser analisada ao lado do conceito de "significado".

A distinção entre forma como contorno e forma como padrão tem muitas ramificações. Por exemplo, o trabalho de Descartes traça uma diferença entre "pensar" (como padrão) e "matéria" (como contorno), pois, deste modo, fornece "o caminho para trans-formar o contorno e o padrão, reunindo-os dentro de co-ordenadas - o que conhecemos hoje como 'coordenadas cartesianas'."[53]

A partir desta análise, Pribram[54] sublinha que a resposta para a questão "o que o cérebro faz e como o faz" depende da capacidade humana "de discernir, em casos específicos, as transformações, as mudanças nas coordenadas, que relacionam o nosso cérebro aos seus sistemas sensoriais e motores e às formas em que diferentes sistemas dentro do cérebro se relacionam entre si." Nesta perspectiva, assume que "a

---

49 *Ibid.*, p. 10/11, tradução nossa.

50 *Ibid.*, p. 12, tradução nossa.

51 *Ibid.*, *loc. cit.*, tradução nossa.

52 *Ibid.*, *loc. cit.*, tradução nossa.

53 *Ibid.*, *loc. cit.*, tradução nossa.

54 *Ibid.*, *loc. cit.*, tradução nossa.

forma de dentro" alcança "muitas dessas transformações, especialmente aquelas que ajudam a dar sentido à maneira como navegamos em nosso mundo."[55]

> Os primeiros seres humanos refinaram e diversificaram - formaram - suas ações para re-formar seu mundo com pinturas e canções. Os contadores de histórias começaram a dar diversos significados a esses diversos refinamentos formulando lendas e mitos. Por sua vez, suas histórias passaram a ser aceitas como restrições de comportamento, como leis (modos de conduta) e injunções religiosas (do latim, *religare*, "unir, amarrar"). Hoje, classificamos essas formas de conhecimento e ação cultural e social sob o título "as humanidades".[56]

Por meio de dhistórias, os humanos dos tempos remotos formularam registros de diversas observações sobre os eventos recorrentes, que moldam suas vidas, como, por exemplo, os ciclos do sol, da lua, das estações, da maré e suas inter-relações com o ser humano. Tais registros possibilitaram formular a antecipação da ocorrência dos eventos cíclicos e, posteriormente, verificar a validade dos dados registrado durante a próxima recorrência. A formação de padrões previsíveis dá sentido às nossas observações, significa, in-forma. "Hoje incluímos esses padrões, essas formas de conhecer e agir no mundo em que navegamos, sob o título 'as ciências'."[57] A aparente distinção entre as expressões do conhecimento categorizadas como "as humanidades" e "as ciências" deve dar lugar ao exercício de complementaridade do pensamento complexo para trans-formar os múltiplos campos do saber que buscam explicar a vida através de diferentes ópticas e métodos; por vezes, pontos de vista podem ser aniquiladores entre si, inclusive dentro do seu próprio campo de pesquisa, mas as diferentes abordagem sobre as mesmas questões fundamentais sobre a vida podem ser integradas por analogias ou complementariedade.

Pribram é formado dentro do campo científico materialista da neurologia, mas percebe a necessidade de construir uma alternativa, baseada nos métodos científicos, para o pensamento materialista. Nesta perspectiva, considera que a abordagem da essência da natureza sob a ótica da forma fornece tal possibilidade: "a forma lida com a essência do que está sendo observado, não apenas com sua matéria. A forma

---

[55] *Ibid.*, *loc. cit.*, tradução nossa.

[56] *Ibid.*, p. 14, tradução nossa.

[57] *Ibid.*, *loc. cit.*, tradução nossa.

vem em dois sabores: forma como contorno e forma como padrão."[58] Para Pribram[59], as atuais ciências do cérebro e comportamento baseiam suas explicações em termos de forma como contornos da matéria, pois raramente se preocupam com a forma em termos de padrões.

> A forma de comunicação, um processo mental, e a forma de construção dos campos receptivos corticais, um processo físico material, poderiam agora ser descritas pelo mesmo formalismo. Nesse nível de investigação, uma identidade é estabelecida entre as operações da mente e do cérebro. Essa identidade tem levado pessoas comuns, bem como cientistas e filósofos, a falar como se seu cérebro "pensasse", "escolhesse", "machucasse" ou como se "desorganizasse". Na linguagem da filosofia, isso é denominado concretude deslocada: somos nós, as pessoas, que pensamos, escolhemos, ferimos e ficamos confusos. Portanto, é importante especificar o nível, a escala de investigação, em que existe uma identidade de forma (no nível do campo receptivo no cérebro) e onde a mente (comunicação) e o corpo (cérebro) são diferentes.[60]

A observação empírica sobre a forma como a semente embute a memória ancestral, a potência do devir da árvore, numa localidade material comprimida, revela o jogo de transformações biológicos entre a memória e a matéria. No caso das sementes, bem como em todo o reino da vida na Terra, a compressão da informação é a forma que a natureza encontrou para embutir as experiências antecedentes, sem, contudo, perder a aprendizagem do que funcionou bem para se adaptar ao ambiente. Assim, a semente contém a memória da formação material e das experiências "subjetivas" dos ancestrais, que agregam diferenciações a depender do modo de vida que foram submetidos na natureza. Por este motivo, "do ponto de vista dos biólogos, a memória está embutida na matéria, e a matéria, por sua vez, está embutida na memória. Ou seja, a forma do armazenamento da memória se transforma continuamente."[61]

Neste sentido, Jacques Monod descreve a memória com base na confluência entre os aspectos prospectivos e retrospectivos, como um "plano arquitetônico": "a memória, quando em uso, não é apenas algo armazenado para ser recuperado. Em vez disso, a forma inicial de memória é um potencial para ser revelado, a lembrança de uma

---

58 *Ibid.*, p. 18, tradução nossa.

59 *Ibid.*, *loc. cit.*, tradução nossa.

60 *Ibid.*, p. 104/105, tradução nossa.

61 *Ibid.*, p. 330, tradução nossa.

expressão de algo ainda não expresso."⁶² Assim, é preciso considerar que "a memória está inserida em diferentes escalas de processamento: de moléculas e membranas, a células e pedaços de fibras, a sistemas do corpo, incluindo aqueles no cérebro - à linguagem e a grupos políticos, econômicos e sócio-culturais."⁶³ Por este ponto de vista, Pribram⁶⁴ afirma que "a nossa própria linguagem é um sistema de memória que envolve a sabedoria de todos os tempos", que "não apenas incorpora nossa experiência humana compartilhada, mas também nos fornece entradas importantes para qualquer investigação significativa da função cerebral."

Apesar da interferência da expressão imaterial estar bem estabelecida em argumentos, métodos e conceitos de diversos campos do conhecimento, inclusive o científico, esta visão é oposta à hegemonia científica materialista, que, em casos extremos, busca eliminar por completo a psicologia, através da determinação das ações de cada neurônio, como buscou sintetizar Francis Crick. Assim, a perspectiva científica materialista considera que a mente e a memória emergem das operações do cérebro, portanto, este modo de observação sobre a natureza "pressupõe que a mente pode ser reduzida à forma como as células cerebrais funcionam."⁶⁵

A palavra "mente" tem sua raiz etimológica verbal na língua protoindo-europeia, "o ancestral comum hipotético das línguas indo-europeias, tal como era falado há cerca de 5000 anos"⁶⁶: *Men*, que significa "pensar, lembrar", deu origem ao termo em sânscrito *manas*, em grego, μενος, e em latim *mens*, *mentem*. Em inglês antigo, *mynde* e *gemynde*, que significam "memória". "Por sua vez, *gemynde* era composto de *ge*, que significava 'juntos' e *moneere*, que significava alertar. Assim, 'mente' é baseada na memória e é usada coletivamente para alertar ou ficar de olho nas coisas [...]"⁶⁷

A memória é um conceito amplamente debatido no jogo da refutabilidade científica. Se, por um lado, os cientistas materialistas defendem

---

62 *Ibid.*, *loc. cit.*, tradução nossa.
63 *Ibid.*, *loc. cit.*, tradução nossa.
64 *Ibid.*, *loc. cit.*, tradução nossa.
65 *Ibid.*, *loc. cit.*, tradução nossa.
66 *Ibid.*, *loc. cit.*, tradução nossa.
67 *Ibid.*, *loc. cit.*, tradução nossa.

que a matéria é a criadora da memória, por outro, uma ilustre minoria de vozes pensa por óticas contrárias: "a matéria está embutida na memória. A memória não é a matéria em si, mas a memória é a forma que organiza a matéria."[68] Como exemplo, podemos observar a comparação entre o diamante e o carvão, que são feitos da mesma matéria (carbono), mas apresentam formas diferentes; enquanto o diamante é resistente e cristalino, o carvão é macio e preto. A vida no planeta Terra também é baseada em carbono, ou seja, o mesmo conteúdo material expressa diversas formas distintas. Pribram reconhece este aspecto da relação entre memória e matéria, mas quando estuda o corpo olha para a memória como um componente interno, armazenado na matéria. Apesar de amplas concordâncias conceituais, Sheldrake[69] discorda de Pribram, pois compreende que a memória não está armazenada no corpo. A teoria do campo mórfico, proposta por Sheldrake, absorve o ponto de vista morfogenético e da tese de Jung sobre o inconsciente coletivo e a forma matriz dos arquétipos, para compreender a estrutura de uma memória anterior à matéria, que está armazenada num campo virtual, no qual a experiência acessa e atualiza a memória ancestral. Neste sentido, somos mais como uma mídia, que sintoniza em diferentes canais de expressão através de um aparelho que pode ter diferenças e danos, contudo, são incapazes de modificar a fonte da programação transmitida. Tanto Pribram, quanto Sheldrake, observam que a memória possui aspectos retrospectivos e prospectivos: o aspecto retrospectivo, re-lembrar, acessa o familiar; a função prospectiva da memória forma o presente, que determina o futuro.

> Plantas, insetos, animais – todas as coisas compostas de matéria biológica dependem, para sobreviver, de uma habilidade fascinante de modificar sua memória sem a "mudar". Nossa memória biológica é muitas vezes baseada em componentes materiais com uma curta "vida útil". Nos mamíferos, nossa própria contagem de sangue vermelha varia pouco com o tempo, mas cada célula vermelha do sangue se desintegra em um mês.[70]

Enquanto Pribram concentrou seus esforços para compreender como os processos cerebrais organizam a forma interior da memória, Sheldrake observa o cérebro como processadores de memórias,

---

68 *Ibid.*, p. 348, tradução nossa.

69 SHELDRAKE, Rupert. **Part I**: Mind, memory, and archetype: Morphic resonance and the collective unconscious. Psychological Perspectives, 1987, tradução nossa.

70 PRIBRAM, Karl H. **The form within**: My point of view. Westport: Prospecta Press, 2013, p. 331, tradução nossa.

que não as armazena no corpo material, mas num campo mórfico no qual nos habituamos a acessar determinados canais familiares e prospectivos. Entretanto, Pribram indica descobertas que se assemelham com as de Sheldrake, quando afirma que "as fontes do comportamento estão em nossa navegação no mundo que experienciamos e que nossas navegações moldam nosso cérebro e o ambiente que experienciamos."[71] Além disso, Pribram considera que a memória biológica depende da separação entre a forma duradoura e seus componentes materiais, ou seja, entre a forma da memória e o substrato material. Neste sentido, a analogia com a informática é válida: "pouco importa se o computador é IBM, Dell ou Apple. Programas (planos) de processamento de texto adequadamente construídos serão executados em qualquer um deles."[72]

Pribram[73] compreende que a memória biológica, inclusive a cerebral, é composta de formas complexamente estruturadas hierarquicamente: "formada por repetições das quais repetições idênticas de sequências são extraídas e representadas em uma camada separada - um processo que se repete até que nenhuma sequência idêntica seja formada." A hierarquia, nesta perspectiva, "é, portanto, uma representação compactada (um código) do que deve ser lembrado [...] este código compactado opera como um atrator que guia a navegação em nosso mundo: a memória é a base de nossa capacidade de lembrar o futuro."[74]

Deste modo, a forma da memória é diferente da forma da experiência e do comportamento. Assim, correlações entre os distintos tipos de formas demonstram ser um método de investigação insuficiente, pois, para compreender como ocorre esta relação entre forma, memória e matéria, é preciso envolver os processos de transformação na abordagem sobre o sistema: transformações como a de uma semente que vira árvore, ou embriões que se tornam adultos, são exemplos do "desenvolvimento da complexidade, o desenvolvimento de formas complementares por meio de transformações."[75]

---

[71] *Ibid.*, p. 495, tradução nossa.

[72] *Ibid.*, p. 349, tradução nossa.

[73] *Ibid.*, *loc. cit.*, tradução nossa.

[74] *Ibid.*, *loc. cit.*, tradução nossa.

[75] *Ibid.*, p. 367, tradução nossa.

Ver as relações entre as formas complementares em termos de transformações fornece uma nova perspectiva sobre emergência e redução. A abordagem comum da emergência se centra na emergência de propriedades, geralmente propriedades materiais, ao passo que abordar a emergência do ponto de vista das transformações envolve a especificação de funções de transferência, de formas translacionais.[76]

As transformações contínuas entre os aspectos formais da memória e da matéria, observadas por cientistas como Pribram e Monod, podem ser correlacionadas à noção de campos mórficos, cunhada pelo biólogo Rupert Sheldrake. Por muitos, tais pensadores são enquadrados como pseudocientistas, até mesmo como charlatões, apesar de suas formações acadêmicas *stricto sensu* e dos experimentos e métodos adotados obedecerem aos critérios estabelecidos na ciência materialista hegemônica. É através da materialidade que os cientistas percebem a memória como entidade imaterial. O ato está presente na natureza diariamente. Esta relação entre a memória compactada em sementes e a transformação numa forma específica de matéria, há muito tempo, intriga os biólogos, que desenvolveram a teoria da evolução das espécies, baseada nas observações de Darwin. Sheldrake adota estas observações sobre a morfogênese da descendência modificada da vida, que aborda padrões estruturais formados por ressonância morfogenética, para ampliar o campo conceitual e adotar todas as formas construídas no universo. Nesta perspectiva, o conceito de campo mórfico nos leva a uma investigação mais abrangente sobre o universo, que engloba, dentro desta relação de transformações entre a natureza e a memória, formas além das presentes no reino da vida. Sheldrake[77] considera que "essa perspectiva abrangente é parte de uma mudança de paradigma muito profunda que está ocorrendo na ciência: a mudança de uma visão de mundo mecanicista para uma visão evolucionária e holística":

> [...] o universo é mais como um organismo do que uma máquina. O *Big Bang* lembra as histórias míticas da eclosão do ovo cósmico: ele cresce e, à medida que cresce, sofre uma diferenciação interna que é mais como um embrião cósmico gigantesco do que a enorme máquina eterna da teoria mecanicista. Com essa alternativa orgânica, pode fazer sentido pensar nas leis da natureza mais como hábitos; talvez as leis da natureza sejam hábitos do universo, e talvez o universo tenha uma memória embutida.[78]

---

[76] *Ibid.*, *loc. cit.*, tradução nossa.

[77] SHELDRAKE, Rupert. **Part I**: Mind, memory, and archetype: Morphic resonance and the collective unconscious. Psychological Perspectives, 1987, p. 9, tradução nossa.

[78] *Ibid.*, p. 12, tradução nossa.

No século XIX, o escritor Samuel Butler interpretou os fenômenos em termos de hábito. Nesta perspectiva, afirma "que toda a vida envolvia memória inconsciente inerente; hábitos, os instintos dos animais, a maneira como os embriões se desenvolvem, tudo refletia um princípio básico de memória inerente à vida."[79] Entretanto, assim como Sheldrake, Butler sugere a existência de uma memória inerente em átomos, moléculas e cristais. Para Sheldrake, a pesquisa de Butler demonstra que a biologia abandonou a perspectiva da vida em termos evolutivos, para, a partir da década de 1920, adotar o pensamento mecanicista, que passou a dominar os estudos biológicos.

Assim como Pribram, Sheldrake[80] observa a incoerência da explicação causal para a forma: "a causa está contida no efeito e o efeito na causa. No entanto, quando consideramos o crescimento de um carvalho a partir de uma bolota, parece não haver tal equivalência de causa e efeito de nenhuma maneira óbvia."

> Se, por outro lado, mais forma veio de menos forma (o nome técnico para o qual é epigênese), então de onde vem mais forma? Como apareceram estruturas que não existiam antes? Nem os platônicos nem os aristotélicos tiveram qualquer problema com essa questão. Os platônicos disseram que a forma vem do arquétipo platônico: se existe um carvalho, então existe uma forma arquetípica de um carvalho, e todos os carvalhos reais são simplesmente reflexos desse arquétipo. Uma vez que esse arquétipo está além do espaço e do tempo, não há necessidade de o embutir na forma física da bolota. Os aristotélicos diziam que cada espécie tem seu próprio tipo de alma, e a alma é a forma do corpo. O corpo está na alma, não a alma no corpo. A alma é a forma do corpo e está ao redor do corpo e contém o objetivo do desenvolvimento (que é formalmente chamado de enieléquia). Uma alma livre de carvalho contém o eventual carvalho livre.[81]

Assim, "uma visão de mundo mecanicista nega o animismo em todas as suas formas; ela nega a existência da alma e de quaisquer princípios organizadores imateriais."[82] A alternativa, apresentada por Sheldrake, para à abordagem mecanicista/ reducionista/ materialista sobre a questão da morfogênese, baseia-se num modelo que existe desde a década de 1920: os campos (de forma-contorno [*form-shaping*]) morfogenéticos. "Nesse modelo, os organismos em crescimento são moldados por

---

79 *Ibid.*, p. 13, tradução nossa.
80 *Ibid.*, *loc. cit.*, tradução nossa.
81 *Ibid.*, p. 13/14, tradução nossa.
82 *Ibid.*, p. 14, tradução nossa.

campos que estão dentro e ao redor deles, campos que contêm, por assim dizer, a forma do organismo."[83] Tal noção se aproxima mais da tradição aristotélica, que contempla uma alma de causação formal, ou ao arquétipo platônico, do que de qualquer uma das outras abordagens tradicionais: "à medida que um carvalho se desenvolve, a bolota é associada a um campo de carvalho, uma estrutura organizadora invisível que organiza o desenvolvimento do carvalho; é como um molde de carvalho, dentro do qual o organismo em desenvolvimento cresce."[84]

> Um fato que levou ao desenvolvimento dessa teoria é a notável capacidade que os organismos têm de reparar danos. Se você cortar um carvalho em pequenos pedaços, cada pequeno pedaço, devidamente tratado, pode crescer e se tornar uma nova árvore. Então, de um pequeno fragmento, você pode obter um todo. As máquinas não fazem isso; eles não têm o poder de permanecer inteiros se você remover partes deles. Corte um computador em pequenos pedaços e tudo o que você terá é um computador quebrado. Ele não se regenera em muitos pequenos computadores. Mas se você cortar um verme chato em pequenos pedaços, cada pedaço pode se transformar em um novo verme. Outra analogia é um ímã. Se você dividir um ímã em pedaços de papel, terá muitos pequenos ímãs, cada um com um campo magnético completo.[85]

Tais fatos revelam que os campos possuem propriedades holísticas, ao contrário dos sistemas mecânicos. Esta compreensão da relação de transformação entre memória e matéria se assemelha à noção de holograma, em que qualquer parte contém o todo. Como observou Pribram, ao analisar o funcionamento do cérebro de forma análoga ao processamento de um holograma, esta tecnologia é baseada em padrões de interferência entre ondas, dentro do campo eletromagnético espectral. "Os campos, portanto, têm uma propriedade holística que foi muito atraente para os biólogos que desenvolveram esse conceito de campos morfogenéticos."[86]

> Cada espécie tem seus próprios campos e dentro de cada organismo existem campos dentro de campos. Dentro de cada um de nós está o campo de todo o corpo; campos para braços e pernas e campos para rins e fígados; dentro estão campos para os diferentes tecidos dentro desses órgãos e, em seguida, campos para as células, campos para as estruturas subcelulares, campos para as moléculas e assim por diante. Existe uma série de campos dentro de campos.[87]

---

83 *Ibid.*, p. 15, tradução nossa.

84 *Ibid.*, *loc. cit.*, tradução nossa.

85 *Ibid.*, *loc. cit.*, tradução nossa.

86 *Ibid.*, p. 16, tradução nossa.

87 *Ibid.*, *loc. cit.*, tradução nossa.

A hipótese, proposta por Sheldrake[88], é que "esses campos, que já são amplamente aceitos na biologia, têm uma espécie de memória embutida derivada de formas anteriores de tipo semelhante." Portanto, a estrutura dos campos possui uma memória acumulativa, baseada no que aconteceu com a espécie no passado; a consonância entre os aspectos retrospectivos e prospectivos da memória visa aplicar a aprendizagem da experiência ancestral na existência formal dos futuros descendentes, que, por sua vez, obtêm novas informações por meio do teste, tentativa e erro no mundo da matéria, que os lança nos campos morfogenéticos relativos à espécie a qual pertence. Como a ressonância mórfica opera por meio dos campos, há, portanto, uma conexão entre campos semelhantes, que se influenciam mutuamente.

A extensão da ideia dos campos morfogenéticos, que serve para explicar o processo de armazenamento, aprendizagem e aplicação da memória para compor as formas presentes nos organismos vivos, passa a abordar também, sob o termo "campo mórfico", moléculas, cristais, átomos ou qualquer outra forma de existência do universo. Ademais, esta atualização da compreensão de campo inclui, além da forma, o comportamento como expressão mórfica.

> Existem vários experimentos que podem ser feitos no reino da forma biológica e no desenvolvimento da forma. Correspondentemente, os mesmos princípios se aplicam ao comportamento, formas de comportamento e padrões de comportamento. Considere a hipótese de que, se você treinar ratos para aprender um novo truque em Santa Bárbara, os ratos de todo o mundo serão capazes de aprender a fazer o mesmo truque mais rapidamente, só porque os ratos em Santa Bárbara aprenderam. Este novo padrão de aprendizagem estará, por assim dizer, na memória coletiva do rato - nos campos mórficos dos ratos, aos quais outros ratos podem entrar em sintonia, apenas porque são ratos e apenas porque estão em circunstâncias semelhantes, por ressonância mórfica. Isso pode parecer um pouco improvável, mas ou esse tipo de coisa acontece ou não.[89]

Um exemplo, citado por Sheldrake[90], para descrever um caso fatídico de disseminação espontânea de novos hábitos em animais, são as evidências de aprendizagem de um comportamento realizado por pequenos pássaros com a cabeça azul (*bluetits*), que aprenderam a saquear as garrafas de leite fresco tampadas com papelão, desde 1921.

---

88 *Ibid.*, *loc. cit.*, tradução nossa.

89 *Ibid.*, p. 17, tradução nossa.

90 *Ibid.* p. 18, tradução nossa.

Vários *bluetits*, porém, morreram afogados. Esta espécie de pássaro são caseiras e não viajam mais do que 6 ou 8 km. Contudo, num local a cerca de 80 km, o mesmo evento ocorreu, e em outro local a 160 km de distância, até que se espalhou por toda Grã-Bretanha. "Em outras partes da Europa, onde as garrafas de leite são entregues na porta, como na Escandinávia e na Holanda, o hábito também surgiu durante os anos 1930 e se espalhou de maneira semelhante."[91] Sempre que o fenômeno surgia, espalhava-se localmente, provavelmente, por imitação, mas "a disseminação do comportamento por grandes distâncias só poderia ser explicada em termos de uma descoberta independente do hábito."[92] Segundo Sheldrake[93], a conclusão dos cientistas, que realizaram o mapeamento até 1947, a técnica dos *blutits* para destampar a garrafa de leite deve ter sido "inventada", independentemente, de forma semelhante, pelo menos 50 vezes. Outro fator interessante é que a taxa de disseminação do hábito acelerou com o passar do tempo. Para Sheldrake[94], este mapeamento do comportamento aprendido por pássaros *bluetits* é "um exemplo de um padrão de comportamento que se espalhou de uma maneira que parecia se acelerar com o tempo e que pode fornecer um exemplo de ressonância mórfica."

Evidências ainda mais sugestivas sobre a ressonância mórfica provêm da ocupação alemã da Holanda, que cessou a entrega de leite durante 1939-40. "Como os *bluetits* geralmente vivem apenas dois a três anos, provavelmente não havia *bluetits* vivos em 1948 que estivessem vivos quando o leite foi entregue pela última vez."[95] No momento em que as entregas de leite foram retomadas em 1948, o comportamento dos *bluetits* de abrir a tampa de papelão das garrafas de leite ressurgiu rapidamente, em lugares distintos na Holanda, e, rapidamente, espalhou-se até se tornar novamente universal em apenas um ou dois anos. Na segunda vez, o comportamento se espalhou muito mais rápido e surgiu de forma independente com muito mais frequência do que na primeira vez. Para Sheldrake[96], "este exemplo demonstra a propagação evolutiva de um novo hábito que provavelmente não é genético, mas depende de

---

[91] *Ibid., loc. cit.*, tradução nossa.
[92] *Ibid., loc. cit.*, tradução nossa.
[93] *Ibid., loc. cit.*, tradução nossa.
[94] *Ibid., loc. cit.*, tradução nossa.
[95] *Ibid., loc. cit.*, tradução nossa.
[96] *Ibid.*, p. 19, tradução nossa.

um tipo de memória coletiva devido à ressonância mórfica." Nesta perspectiva, considera "que a hereditariedade depende não apenas do DNA, que permite aos organismos construir os blocos de construção químicos corretos - as proteínas - mas também da ressonância mórfica"[97]:

> A hereditariedade, portanto, tem dois aspectos: um, uma hereditariedade genética, que é responsável pela herança de proteínas por meio do controle do DNA da síntese de proteínas; a segunda, uma forma de hereditariedade baseada em campos mórficos e ressonância mórfica, que não é genética e é herdada diretamente de membros anteriores da espécie. Esta última forma de hereditariedade lida com a organização da forma e do comportamento.[98]

Sheldrake discorda da posição dos estudos biológicos que buscam explicar a relação entre memória, forma e matéria, em termos do que acontece dentro, como é o caso de Pribram. Por este motivo, sugere que "as formas e padrões de comportamento estão, na verdade, sendo sintonizados por conexões invisíveis que surgem fora do organismo."[99] Assim, compreende que o desenvolvimento da forma é resultado de uma simultânea organização interna do organismo em interação com os campos mórficos aos quais está sintonizado.

Neste sentido, mutações genéticas podem afetar o desenvolvimento, do mesmo modo que ocorre com um aparelho de TV quando uma peça quebra ou é diferente, obtém-se distorções no padrão comum de imagens ou sons. "Mas isso não prova que as imagens e o som sejam programados por esses componentes. Nem prova que a forma e o comportamento são programados por genes; se descobrirmos que há alterações na forma e no comportamento como resultado de mutação genética."[100]

> Nem prova que a forma e o comportamento são programados no DNA quando as mutações genéticas levam a mudanças na forma e no comportamento. A suposição usual é que, se você pode mostrar que algo se altera como resultado de uma mutação, então isso deve ser programado, controlado ou determinado pelo gene. Espero que esta analogia com a TV deixe claro que essa não é a única conclusão. Pode ser que esteja simplesmente afetando o sistema de sintonia.[101]

---

[97] Ibid., loc. cit., tradução nossa.
[98] Ibid., loc. cit., tradução nossa.
[99] Ibid., p. 20, tradução nossa.
[100] Ibid., loc. cit., tradução nossa.
[101] Ibid., loc. cit., tradução nossa.

Ao analisar as mutações de "ajuste" (homeóticas), a mosca da fruta (*Drosophila*) é o principal animal utilizado, pois "foi encontrada toda uma gama dessas mutações que produzem várias monstruosidades": por exemplo, no lugar das antenas na cabeça, crescem pernas ou o segundo dos três pares de pernas se transformam em antenas ou quatro asas ao invés de duas. Segundo Sheldrake[102], todas estas mutações dependem de único gene, portanto, considera que se trata da mudança de "sintonia de uma parte do tecido embrionário, de modo que ele se sintonize em um campo mórfico diferente do que normalmente faz, e então um conjunto diferente de estruturas surge, assim como sintonizar em um canal diferente na TV."

> Pode-se ver por essas analogias como tanto a genética quanto a ressonância mórfica estão envolvidas na hereditariedade. Claro, uma nova teoria da hereditariedade leva a uma nova teoria da evolução. A teoria evolucionária atual é baseada na suposição de que praticamente toda hereditariedade é genética. A sociobiologia e o neodarwinismo, em todas as suas várias formas, são baseados na seleção de genes, frequências de genes e assim por diante. A teoria da ressonância mórfica leva a uma visão muito mais ampla que permite que uma das grandes heresias da biologia mais uma vez seja levada a sério: a saber, a ideia da herança de características adquiridas. Os comportamentos que os organismos aprendem, ou as formas que eles desenvolvem, podem ser herdados por outros, mesmo que não sejam descendentes dos organismos originais - por ressonância mórfica.[103]

A hipótese do campo mórfico para explicar os processos de transformação da memória consiste numa abordagem muito diferente da hegemônica, sobretudo, a materialista estrita. A chave para a compreensão do conceito de Sheldrake é perceber a influência por semelhança no espaço e no tempo: "a quantidade de influência depende do grau de semelhança. A maioria dos organismos são mais semelhantes a si próprios no passado do que a qualquer outro organismo."[104]

Trata-se, portanto, de um processo de "auto-ressonância com estados passados do mesmo organismo"[105], que ajuda a estabilizar os campos morfogenéticos no reino da forma. Assim, estabiliza "a forma do organismo, mesmo que os constituintes químicos nas células estejam se

---

102 *Ibid.*, p 21, tradução nossa.
103 *Ibid.*, *loc. cit.*, tradução nossa.
104 *Ibid.*, p. 21/22, tradução nossa.
105 *Ibid.*, p. 22, tradução nossa.

transformando e mudando."[106] Além disso, "os padrões habituais de comportamento também são sintonizados pelo processo de auto-ressonância."[107] Não são memórias verbais ou intelectuais, mas corporais.

> Isso também se aplica à minha memória de eventos reais: o que fiz ontem em Los Angeles ou no ano passado na Inglaterra. Quando penso nesses eventos particulares, estou sintonizando as ocasiões em que esses eventos aconteceram. Existe uma conexão causal direta por meio de um processo de sintonia. Se esta hipótese estiver correta, não é necessário assumir que as memórias estão armazenadas dentro do cérebro.[108]

A concepção de que as memórias são armazenadas no cérebro, por vezes, a torna sinônimo de mente ou memória. Por outro lado, com base na hipótese de Sheldrake[109], "o cérebro é mais como um sistema de sintonia do que um dispositivo de armazenamento de memória."

A própria busca para traçar a cartografia cerebral da memória levou os pesquisadores a especular que a memória estava em toda parte e em nenhum lugar em particular, como "o próprio Lashley concluiu que as memórias são armazenadas de forma distribuída por todo o cérebro, uma vez que ele não conseguiu encontrar os traços de memória que a teoria clássica adquiriu."[110] Karl Pribram adotou a perspectiva de Lashley para cunhar a teoria holográfica do armazenamento da memória, que considera que a forma da memória é composta padrões de interferência entre ondas espalhados por todo o cérebro, em que cada parte contém informação sobre o todo.

A diferença entre a perspectiva de Sheldrake[111], em relação a de Lashley e Pribram, é a sugestão da possibilidade de que as memórias não sejam forjadas dentro do corpo: para Sheldrake[112], a noção de que as memórias não são armazenadas dentro do cérebro "é mais consistente com os dados disponíveis do que as teorias convencionais ou a teoria holográfica."

---

106 *Ibid.*, *loc. cit.*, tradução nossa.
107 *Ibid.*, *loc. cit.*, tradução nossa.
108 *Ibid.*, p. 22, tradução nossa.
109 *Ibid.*, *loc. cit.*, tradução nossa.
110 *Ibid.*, p. 23, tradução nossa.
111 *Ibid.*, p. 24, tradução nossa.
112 *Ibid.*, *loc. cit.*, tradução nossa.

Além da dificuldade em observar como as memórias são armazenadas no corpo, devido a dinâmica acelerada do cérebro, "há também um problema lógico sobre as teorias convencionais de armazenamento da memória, que vários filósofos apontaram."[113] Pribram, bem como as teorias convencionais, presumem que, de alguma forma, as memórias são codificadas e localizadas em um depósito dentro do cérebro. Quando necessário, são relembradas por um sistema de recuperação. "Isso é chamado de modelo de codificação, armazenamento e recuperação. No entanto, para um sistema de recuperação recuperar qualquer coisa, ele precisa saber o que deseja recuperar." [114] Pribram resolveu esta questão descrevendo a memória como dois aspectos distintos: um deles consiste no sistema retrospectivo, o familiar, o habitual; o outro, aborda o aspecto prospectivo, expresso por meio da motivação e intenção, que buscam alcançar o alvo atrator. Sheldrake, por outra ótica, sublinha que um sistema de recuperação de memória precisa saber qual memória está procurando, pois deve ser capaz de reconhecer a memória que está tentando recuperar. Para a reconhecer, portanto, o próprio sistema de recuperação deve ter algum tipo de memória, deve ter um sistema sub-recuperação para recuperar suas memórias de seu armazenamento, que resulta numa regressão infinita. O próprio Pribram[115] reconhece, por meio dos seus próprios experimentos laboratoriais, que a aplicação da teoria da medição da informação como redução da incerteza, baseada nos estudos de Shannon, "fornece apenas um começo em nossa capacidade de compreender as múltiplas modalidades dos processos mentais." Por este motivo, ressalta a ocorrência de padrões de incerteza pré-existentes, que podem ser especificados em tipos de amostras, que Pribram sugere usar como uma medida de significado.

...

Ao considerar a teoria da ressonância mórfica da memória, Sheldrake[116] articula a ideia de "memória coletiva" ao conceito de "inconsciente coletivo" cunhado por Jung. Desta forma, acredita que,

---

113 Ibid., *loc. cit.*, tradução nossa.

114 Ibid., *loc. cit.*, tradução nossa.

115 PRIBRAM, Karl H. **The form within**: My point of view. Westport: Prospecta Press, 2013, p. 459, tradução nossa.

116 SHELDRAKE, Rupert. **Part I**: Mind, memory, and archetype: Morphic resonance and the collective unconscious. Psychological Perspectives, 1987, p. 24, tradução nossa.

além de conseguirmos sintonizar com nossas próprias memórias, podemos sintonizar com as de outras pessoas também, pois "existe uma memória coletiva com a qual todos estamos sintonizados, que forma um pano de fundo contra o qual nossa própria experiência se desenvolve e contra a qual nossas próprias memórias individuais se desenvolvem."[117] A semelhança deste conceito com a noção de inconsciente coletivo, proposta por Jung, demonstra a existência de uma memória coletiva da humanidade, a qual todas as pessoas acessam e contribuem com as informações avaliadas durante as experiências.

> Jung pensava no inconsciente coletivo como uma memória coletiva, a memória coletiva da humanidade. Ele pensava que as pessoas estariam mais sintonizadas com os membros de sua própria família, raça e grupo social e cultural, mas que, no entanto, haveria uma ressonância de fundo de toda a humanidade: uma experiência combinada ou média de coisas básicas que todas as pessoas experimentam (por exemplo, comportamento materno e vários padrões sociais e estruturas de experiência e pensamento). Não seria tanto uma memória de pessoas particulares do passado, mas uma média das formas básicas de estruturas de memória; esses são os arquétipos.[118]

A ideia de arquétipos, presente na noção de Jung sobre o inconsciente coletivo, concorda com a teoria da ressonância mórfica de Sheldrake, que reafirma a validade da pesquisa Jung dentro do atual contexto científico mecanicista e materialistas da biologia, medicina e psicologia convencionais, que negam a existência de algo como o inconsciente coletivo. Sheldrake[119] afirma que "o conceito de uma memória coletiva de uma raça ou espécie foi excluído até mesmo como uma possibilidade teórica":

> Você não pode ter nenhuma herança de características adquiridas de acordo com a teoria convencional; você só pode ter uma herança de mutações genéticas. Pelas premissas da biologia convencional, não haveria como as experiências e mitos de, por exemplo, tribos africanas, tivessem qualquer influência nos sonhos de alguém na Suíça de ascendência não africana, que é o tipo de coisa que Jung pensava acontecer. Isso é totalmente impossível do ponto de vista convencional, e é por isso que a maioria dos biólogos e outros dentro da ciência convencional não levam a sério a ideia de inconsciente coletivo. É considerada uma ideia excêntrica e marginal que pode ter algum valor poético como uma espécie de metáfora, mas não tem

---

117 *Ibid.*, *loc. cit.*, tradução nossa.
118 *Ibid.*, p. 25, tradução nossa.
119 *Ibid.*, *loc. cit.*, tradução nossa.

relevância para a ciência adequada porque é um conceito completamente insustentável do ponto de vista da biologia normal.[120]

A diferença entre a abordagem de Jung e Sheldrake é que a ideia de Jung foi aplicada principalmente à experiência e à memória coletiva humana, enquanto Sheldrake sugere que este processo de transformação entre a memória e a experiência da forma é um princípio de ressonância que opera em todo o universo de modo muito semelhante, portanto, não apenas no campo mórfico dos seres humanos. A aceitação desta mudança radical do paradigma de transformação entre a memória-matéria torna a hipótese de Jung sobre o inconsciente coletivo uma ideia dominante para o contexto da psicologia moderna. Tal compreensão da relação de transformação contínua entre a arquitetura material e a memória imaterial se assemelha aos ditos e escritos da filosofia *vipassana*, registrada a partir de um Buda que viveu na Índia há mais de 2.500 anos, através de suas próprias tecnologias e métodos. Assim como a ciência quântica, o budismo percebe que os humanos que avaliam o fenômeno lidam com observações e não observáveis. Além disso, adotam como princípio filosófico o conceito de impermanência, que observa a realidade como uma constante mutação das formas, sejam materiais, comportamentais, sentimentais ou emocionas. Em diversos aspectos, tais observações de Buda são análogas às teorias de Sheldrake, Pribram e Jung, que apesar das discordâncias, podem ser lidas como perspectivas complementares para descrever sistemas complexos e dinâmicos. Assim, apesar do jogo epistemológico da refutabilidade, presente em tais estudos, este conjunto teórico oferece uma ampla abordagem sobre uma questão fenomenológica inconclusiva quando expressa através da linguagem, da representação simbólica, das formas de medição e avaliação que mediam a experiência humana em navegação no mundo real. Afinal, se pudermos imaginar um universo que apenas contenha a si mesmo, sem pensamentos, desejos, projeções, visões, sensações ou experiências, o que haveria para observar, conhecer ou perceber? O que resta à existência do eu, em sua essência isolada da representação? O que sou eu? É uma pergunta simples e direta, mas que exige uma elaboração epistemológica extraordinária para chegar à questão. A resposta, por outro lado, envolve, paradoxalmente, complexidade e/ou niilismo, a depender da abordagem que guia o observador: uma noção não exclui a outra, pois se complementam, coexistem e se aniquilam mutuamente. Ou seja,

---

120 *Ibid.*, *loc. cit.*, tradução nossa.

ambas emprestam seu sentido para compor a compreensão da outra, um aspecto não vive sem o outro: a ausência de formas e de existência do niilismo, abriga a potência de realização de tudo, enquanto a complexidade nasce do nada. São conceitos distintos, que apoiam a própria noção dita contrária, que apesar de serem compreendidas como aspectos separados, tratam, porém, de uma mesma propriedade expressa em diferentes sistemas métricos e qualitativos, semelhante ao que a teoria da relatividade geral de Einstein realizou com o espaço e o tempo, ao perceber a equivalência de tais conceitos para definir um único fenômeno: o espaço-tempo. No caso da complexidade e do niilismo, o caso em questão é a relação do Eu com o mundo. Dentro deste sistema relacional, uma abordagem complexa é capaz de formular diversas evidências de observáveis, mas o eu-observador, "aquele que está na posição de conhecedor de todas as outras coisas"[121], se busca a essência do seu ser, nada encontrará, mas para se identificar, multidões de pensamentos, emoções, sentimentos, representações, projeções, experiências e outras formas de expressão da mente e dos sentidos, serão reverberados e, por meio de tais alegorias, podemos satisfazer o ego, que encontra em tais símbolos, refúgios provisórios e impermanentes de explicações sobre seu ser. Entretanto, enquanto nenhuma metáfora será capaz de decifrar quem e o que, realmente, sou eu, é através da experiência cognitiva e sensitiva que acesso a pergunta e as possíveis respostas, mesmo quando as soluções simbólicas aniquilam a existência semântica da essência fundamental do ser.

Mooji[122] pergunta: "Quem é você? Sem você, nada mais existiria para você [...] Se você não existisse, você não saberia que não existe." O professor espiritual jamaicano considera que "é raro no reino humano encontrar qualquer pessoa que diz 'eu quero saber quem eu sou', não é uma linguagem comum [...] pois todos têm um sentimento de que já sabem o que são."[123] Deste modo, carregam um senso de que apresentam a si mesmo pelo nome, profissão, parentesco.

Assim, a maioria das pessoas apenas segue o fluxo sem investigar a sua própria essência. A simbologia que a pergunta aborda busca en-

---

121 MOOJI. **Imperdível**: Mooji, eu só quero saber quem eu sou. Youtube: Moojiji, 2020, tradução nossa. Disponível em: https://www.youtube.com/watch?v=ZrTW-Z8i2QjE. Acesso em: 30 out. 2020.

122 *Ibid.*, *loc. cit.*, tradução nossa.

123 *Ibid.*, *loc. cit.*, tradução nossa.

contrar a composição do fundamental. Mas a resposta não consiste no que vemos, percebemos ou experenciamos através da mente e dos sentidos, pois estes fenômenos são impermanentes, vêm e vai. A percepção, portanto, não é o elemento que compõe o fundamental de nós. Tampouco, somos as identificações, nossos nomes, profissão, não somos o que sentimos, nem mesmo somos o corpo que carregamos. O Eu é capaz de ver o corpo que habita, mas o corpo é incapaz de ver o Eu, que o move, porque este Eu nada é. Para uma mente materialista e agitada, perceber a presença e a interferência do nada na composição da essência do ser, é uma resposta que pode frustrar ou revolucionar a forma de perceber o mundo em que navega e como funciona a nau que afinal somos. Pois o nada é um jogo complexo de potencialidades.

Mooji[124] propõe um exercício prático para encontrar o "puro Eu": "Imagine que só você existe, que não existisse nada mais, apenas você existindo. Traga a sua atenção, apenas esteja com isso. Não existe nada para ser falado ou dito do lado de fora. Qual a sua experiência agora, do que está consciente?" A contundente resposta oferecida por Mooji é: "Nada! Se houver algo que você pode ver, não é você."[125]

> Na sua mente, você tem uma imagem de si mesmo [...] e essa ideia de si mesmo ainda não é o seu verdadeiro ser, é apenas algum tipo de condicionamento [...] mas a sua autoimagem não é você, é apenas uma ideia em você. Então, se você puder ver a sua autoimagem, se você pode ver as ideias que você aprendeu a se identificar com elas como sendo a si mesmo, se você também puder ver isso, isso também não é você [...] pois qualquer ideia que você tenha de si mesmo também está mudando, sempre mudando. E algo mais profundo dentro de você observa que essas mudanças estão acontecendo o tempo todo. Então, você não pode ser nada dessas coisas que você pensa sobre si mesmo. Você não é o seu rosto, você não é apenas os seus sentimentos, eles vêm e vão. Mas você é aquele que vê os sentimentos indo e vindo. Você observa o seu corpo mudando, mas aquele que está observando o corpo mudar e a mente mudar, será que este mudando?
>
> O que estou dizendo a você é que o que quer que venha, seja alegria ou medo, ainda não é você. Algo observa, algo sabe, experencia a alegria, ou o medo, ou a felicidade. Algo vê todas essas coisas, elas vêm e vão, mas aquele que as vê não vêm e vai.
>
> Eu não estou te ensinando nenhum ensinamento, eu estou te mostrando algo, se você seguir, então você vai realizar algo. Então, vamos supor que

---

124 *Ibid.*, *loc. cit.*, tradução nossa.

125 *Ibid.*, *loc. cit.* tradução nossa.

nós pudéssemos jogar fora tudo o que você aprendeu, esteja muito vazio, deixe tudo que está na sua mente, não se segure a nada, nem mesmo ao seu nome, sua idade, sua família, seus desejos, deixe tudo de fora por hora. Se puder fazer isso, você vai perceber que existe algo que permanece, que você não colocou ali, não veio, sempre esteve aqui. O que quer que tenha vindo, pode ir, mas existe algo que não pode ir. Se alguém puder tirar tudo de você, tudo que você experenciou, tudo que você recebeu na sua vida, se tudo fosse tirado, iria sobrar algo que não pode ser tirado, não é uma coisa.

O que está aqui? Você não tem que imaginar, não crie. Não há nada, nada está aqui. Apenas aceite esse nada, deixe que esteja aí, não o julgue, apenas deixe que esteja aí? Você criou este nada? É algo novo? Pode ir embora, pode ser destruído? Não! Isso é você. Isto está aqui antes de qualquer coisa ter vindo.

Sua mente, o lugar onde sua identidade limitada foi criada na mente. Sua mente vai criar uma tempestade para tentar tirar o que você viu agora, para te ameaçar: para dizer, você vai enlouquecer, ela vai falar muitas coisas. Todos que despertam para si mesmo experienciam esta guerra que acontece dentro, pois algo quer, sua mente quer a sua identidade, pois enquanto você estiver pensando em si mesmo como uma pessoa, você estará em confusão, não vai ser completo. Então, existe uma força que funciona para tentar parar de fazer você realizar o que eu estou te mostrando agora. Mas o que você encontrou agora? Continue estando aí. Não há nada, você não tem que desenvolver nada, apenas continue reconhecendo isso. E isso vai se aprofundar e tudo na sua vida vai começar a se mover nessa harmonia, nessa harmonia real.

Eu não quero ser, eu só quero saber o eu sou. E eu não quero saber isso na minha mente, não quer saber como uma convicção intelectual, tem que ser experenciado de uma forma que eu não posso duvidar. Eu não quero algo que eu possa criar, pois eu só preciso descobrir isso.

Muitas pessoas acreditam que, em última análise, o seu ser é uma coisa pessoal, mas o seu ser não é uma coisa pessoal. A coisa pessoal pode estar ali, pode jogar, mas é mais superficial. O real, a realidade de você, ninguém pode capturar. Não pode ser destruída, nunca foi criada. Esta é a realidade não criada. O corpo veio, a respiração veio, o alento veio. Deus criou isso, não é? Este instrumento aqui (o corpo) um dia vai embora também, mas o que eu sou, não pode ir embora. Isso vai se tornar mais e mais claro, com grande beleza e paz. Pois se você acreditar que você é apenas isso (o corpo), não amaldiçoe isso, seja grato também, é um ótimo corpo, agradeça pelo corpo saudável, mas não é a totalidade do que você é. E o *satsang* é para descobrir isso experimentalmente, não apenas como um conceito. Nós não somos adoradores de conceitos, não somos adoradores de formas nem ao menos. Estamos simplesmente descobrindo a verdade. O Deus, a verdadeira natureza do seu ser, isso eu colocaria como as discussões mais importantes do reino humano: aquele que está buscando seu ser e não com arrogância, não porque eu sou tão especial. Não, mas apenas porque algo colocou dentro do seu coração essa urgência pelo descobrimento. E você está aqui agora, eu estou assumindo que esta é a companhia que eu estou, neste momento, hoje.

Os ensinamentos podem mostrar muitos conhecimentos, grandes conceitos, grandes ideias, mas não podem responder quem eu sou. Não podemos saber quem somos por meio da mente, pois nenhum pensamento pode revelar o ser. Assim sendo, nada que você possa ver, ou experenciar, ou que você pode conhecer através dos sentidos e da mente, nada pode te mostrar você, pois você é aquele que vai dizer sim ou não [...] nada que você pode perceber através da mente ou dos sentidos pode dizer o que você é. Onde quer que você olhe no mundo, onde quer que você vá no universo, o que quer que você veja, não pode ser você, aquele que está vendo. Mesmo este corpo você pode ver. Eu estou vendo o meu corpo e o meu corpo não está me vendo, então eu não sou nem mesmo o meu corpo, não sou meus pensamentos [...] eu sou aquele que os vê. Qualquer forma, que você possa mostrar, eu te direi: não sou eu, pois eu posso ver a forma. Então, não existe nenhuma forma, nenhuma palavra que possa te revelar em si mesma.[126]

    A verdade, nesta perspectiva de ausência de formas, comporta-se como o horizonte da visão: está ali, sempre presente na direção em que navegamos, porém nunca o alcançamos, por mais real e palpável que possa parecer ao observador. A compreensão de Mooji de que "a matriz da consciência é uma fonte inconcebível, sem qualidades, sem pertencimento"[127] se assemelha às ideias presentes nos escritos de Yogananda[128], que inspirado no *Bhagavad Gita*, desenvolve o pensamento sobre o Absoluto da Unidade Cósmica, em contraste com a realidade relativa e dual do Eu. Na perspectiva abordada por Yogananda, o Absoluto é *nirguna* (do sânscrito: sem qualidades) e *acyntia* (do sânscrito: inconcebível).[129]

...

---

126 *Ibid.*, *loc. cit.*, tradução nossa.

127 MOOJI. **Imperdível**: Mooji, eu só quero saber quem eu sou. Youtube: Moojiji, 2020, tradução nossa. Disponível em: https://www.youtube.com/watch?v=ZrTWZ8i2QjE. Acesso em: 30 out. 2020.

128 YOGANANDA, Paramahansa. **Autobiografia de um Iogue** - 1946. Los Angeles, California, EUA: Self-realization fellowship, 2013.

129 YOGANANDA, Paramahansa. **Autobiografia de um Iogue** - 1946. Los Angeles, California, EUA: Self-realization fellowship, 2013, p. 88.

A navegação do corpo no mundo pode resultar em experiências traumáticas severas, que ativam processos de proteção da consciência contra as memórias resultantes, sobretudo, quando vividas na infância. Neste contexto, duas espécies de transtorno mental apresentam sintomas, que revelam formas neurológicas de operar com o intuito de proteger a consciência das memórias da criança: um dos processos de proteção desliga as operações da consciência e mergulha a criança num profundo sono perene, no qual o beijo para o despertar é a percepção, inconscientemente apreendida durante a hibernação, de que um mundo seguro e acolhedor lhe aguarda. Esta é uma doença catalogada recentemente: a Síndrome de Resignação apresenta sintomas similares ao coma. O primeiro caso foi documentado na Suécia em 1990, contudo, esta é uma condição cada vez mais frequente. A Síndrome de Resignação é o tema central do filme, dirigido por Kristine Samuelson e John Haptas, "A vida em mim" (2019)[130], indicado ao Oscar de melhor documentário de curta-metragem. O filme narra as trajetórias de crianças refugiadas desde zonas de conflito, que ainda não encontraram a estabilidade de um lar seguro. Para se proteger dos traumas e incertezas, o corpo destas crianças é regulado para mergulhar numa espécie de hibernação, em que, progressivamente, deixa de sentir prazer, dor, frio, calor, uma vez que, como demonstra os estudos de Pribram, tais faculdade utilizam o mesmo canal de transmissão neurológica. Com o passar do tempo, reduzem a ação de movimentos automáticos como a deglutição, mas podem ser treinadas para retomar tais controles inconscientes. Quando se sentem seguras, voltam a despertar deste sono profundo, sem lembrança do período de desativação da consciência. Existe um processo de retorno da mobilidade (cognição e sensações), mas pode ser alcançado com plenitude num curto período de reabilitação. Este exemplo de doença demonstra que o sistema inconsciente de auto regulação percebe a condição ambiental em que o corpo se encontra e avalia o momento oportuno de ativar e desativar a consciência. O tratamento, a cura da doença, é relatada à medida que a segurança é reestabelecida na família que fugiu dos violentos traumas de guerra e encontrou um mundo de incertezas por imigrar ilegalmente, num país que não lhe garante cidadania através deste meio de ingresso. Ao contrário, as famílias imigrantes precisam passar por um

---

130 A VIDA em mim (**Life overtakes me**). Direção: John Haptas e Kristine Samuelson. Documentário curta-metragem (40 min), digital, son., color. Suécia, EUA: Netflix, 2019.

longo processo judicial para o reconhecimento de privilegiadas nacionalidades, protegidas dos conflitos bélicos, como a Suécia, porto de chegada de diversos exilados de guerra.

A outra estratégia do corpo para proteger a consciência das memórias assombrosas é através da divisão do Eu, a criação de distintas identidades independentes, que guardam memórias e personalidades particulares dentro de um único corpo em comum. Assim, a consciência do Eu hospedeiro primordial não possui acesso às memórias traumáticas, pois são ocultadas por identidades-guardiãs, protetoras do sistema egóico que se dividiu em múltiplos Eus.

O Transtorno Dissociativo de Identidade (TDI) é um fenômeno clínico que revela aspectos da arquitetura do Eu que se costuma ignorar no sujeito comum. Estima-se que mais de 1% da população mundial conviva com a condição de múltiplas personalidades num único corpo. Este número chega à 3%, a depender da fonte de pesquisa. Num planeta em que habitam 7,8 bilhões de humanos, no ano 2020, entre 78 milhões e 234 milhões de pessoas navegam por meio de um sistema corporal repartido em múltiplos egos. Ou seja, o número de pessoas que convivem com esta condição corresponde à, no mínimo, toda a população da França, mas pode se aproximar da quantidade de humanos que habitam o terceiro país mais populoso do mundo, os EUA.

Cada parte do sistema de múltiplas personalidades possui identidade própria, com seu nome particular, idade, gênero, sexo, práticas sexuais, aparência física, tamanho, cor da pele, dos cabelos, dos olhos. Apesar de ser menos comum, há casos em que a aparência interna do alter ego se assemelha ao reflexo no espelho do corpo exterior em que habita. Além das características físicas individuais, cada personalidade expressa os próprios gostos, aversões, tipos de doença, memórias, sotaques, línguas faladas, tom de voz, letra, forma de escrever, talentos, habilidades, emoções em relação ao mundo, conhecimentos e interesses específicos à cada Eu-habitante de um único corpo; assim, são distintas pessoas compartilhando o mundo interior. Os alter egos dialogam internamente, negociam ações, relacionam-se afetivamente, romantizam e reproduzem entre si, maternam, possuem irmãos, às vezes, gêmeos. Algumas personalidades podem ter suas próprias múltiplas personalidades. Os alteres podem se dividir e fundar outra identidade a partir de sua repartição, uma forma de reprodução que acontece internamente. A relação de descendência e nascimento não ocorre de forma semelhante ao que encontramos na biologia, mas pode haver casos de extrema similaridade. Por outro aspecto, os alter egos podem suprimir, expulsar, silenciar, esconder, incorporar ou transformar uma identidade que comprometa o sistema de navegação. A beleza dos espectros é notar a variação de possibilidades de expressão das espécies de padrões. Contudo, em geral, esta condição é proveniente de traumas na infância. O corpo, como meio de proteção e sobrevivência, confia em múltiplas identidades para secretar as memórias das experiências traumáticas do hospedeiro "principal". Sem acesso às lembranças do trauma, tais dados não fazem parte daquele Eu, que segue a vida sem expor a ferida passada.

Outro elemento notável é que os alteres possuem locais de moradia na cartografia interna do sistema: alguns habitam o Norte, outros o Leste, alguns navegam pelos oceanos e estão em constante diáspora. Ou, como numa casa, cada identidade possui um quarto próprio, espaço onde guardam secretamente as memórias e a personalidade de cada alter. Por vezes, existe uma personalidade que é hospedeira primária, que pode ou não coabitar a saída de outra personalidade, que decide quando e o que compartilhar com a hospedeira primária. Alguns não mudam a idade, outros envelhecem, alguns têm milhares ou milhões de anos. Ocorrem também formas corporais muito distintas do humano, pois os alteres podem ser figuras mitológicas, alienígenas, animais, híbridos, ou até mesmo, objetos.

Além de locais próprios em que habitam na cartografia corporal, onde certas partes do corpo podem corresponder a determinadas personalidades, cada alter possui uma função de proteção do sistema. Algumas identidades agem como guardiões, que impedem que os demais alteres acessem tais memórias. Enquanto alguns alteres protegem com uma atitude mais agressiva, outros são imunes a dor, ou até sentem prazer na dor; mesmo quando não há uma atitude aparente que justifique a presença de uma determinada identidade, todas protegem o corpo e o hospedeiro principal dos traumas vivenciados: carregam em suas bagagens, as experiências que extrapolam as condições do observador de reter tais (in)formações de forma consciente. Tais alter egos, eus-consciências, nascem para salvaguardar a sobrevivência do corpo, esconder os traumas para seguir em navegação no mundo.

Os apagões de memória, devido à mudança de identidade, são o maior perigo para tais pessoas que convivem com múltiplas personalidades. Algumas identidades podem não se sentir confortáveis com o comportamento do seu alter ego, sobretudo, quando expressa violência e sexualidade exacerbada. Outra questão é não saber nada a respeito de algumas memórias sobre si mesmo, pois é a função do alter ego guardar uma informação que possa colapsar o sistema hospedeiro. Trata-se, portanto, de um distúrbio gerado por traumas e que pode causar profundo sofrimento ao longo da vida, mas, ao mesmo tempo, demonstra uma fenomenal forma de autoproteção do corpo. Assim, a "saída", a manifestação das identidades coexistentes, é impulsionada por gatilhos. Ou seja, numa situação de dor, como fazer tatuagem, a identidade que sente prazer na dor pode sair para desfrutar daquele momento, ou, caso seja necessário se defender de uma agressão, a identidade protetora com mais força violenta pode ser convocada a sair. Ou, no caso de uma identidade infantil decidir dirigir um carro, outra identidade pode interferir na ação para realizar a ação com segurança. Em muitos casos, as identidades sabem que possuem um nome distinto do hospedeiro, mas são capazes de dissimular, caso sejam interrogados, para que não seja percebida a desordem de múltiplas personalidades. É comum, nos relatos de pessoas com dissociação de identidade, a necessidade das distintas personalidades dialogarem, cooperarem e negociarem internamente, devido ao medo do mundo exterior perceber tal condição. Por este motivo, algumas identidades permanecem sem sair quando se sentem inseguras no ambiente que estão inseridas. Enquanto há casos de coabitação de vozes simultâneas presentes no mundo interior, algumas personalidades podem sair e bloquear os demais alter egos por um longo período. Quando há o retorno do hospedeiro principal ou de alguma outra identidade, vive com o risco de despertar no meio de uma situação, sem saber o que aconteceu ou como foi parar ali. Podem coabitar a experiência, perceber as mesmas sensações ou parte delas (só o som, por exemplo). Podem ter relações amorosas particulares no mundo exterior, em que o hospedeiro principal respeita os desejos e a privacidade da experiência de seu alter ego. Também pode não haver uma identidade principal ou esta condição pode ser reconsiderada e outra personalidade assumir tal posto social no sistema interno.

Como dito, personalidades podem ser identidades distintas da forma humana, como híbridos entre animais e humanos, seres mitológicos como vampiros, duendes, elfos, em alguns casos, a identidade se considera capaz de fazer fotossíntese, portanto, está ausente a crença sobre a necessidade de comer para sobreviver. Entretanto, o caso que relatou tal estrutura biológica ingeria sólidos quando saia para o mundo exterior, mas considerava comer uma perturbação indesejada. Provavelmente, realiza por pressão social, interna e externa, pois é comum os alter egos debaterem sobre as práticas das identidades ao saírem para interagir com o mundo exterior através do corpo hospedeiro. Assim, irritam-se, por exemplo, quando uma personalidade deixa de usar óculos, pois diferem em relação à capacidade visual. Enquanto uns não usam óculos, outros dependem deste objeto para enxergar, ou pode haver, até mesmo, uma identidade coabitante cega ou sem olhos. Inclusive, cada personalidade que utiliza óculos para ver pode precisar de um tipo de lente específica, ou seja, distintos diagnósticos oftalmológicos. Da mesma forma, uma intolerância a glúten pode ser severa para uma identidade, enquanto para outra, é inabalável; medicações são sentidas de formas distintas; há evidências, medidas por exame de sangue, de que uma personalidade pode ter diabete, enquanto as outras identidades que coabitam o corpo, quando saem, produzem taxas normais de insulina e podem comer açúcar sem prejuízos à saúde. A fonte de coleta de sangue é a mesma, mas a doença se restringe a determinadas personalidades. O mesmo ocorre com alergias e asma.

Outro fenômeno interessante é que o sol de dentro do sistema pode queimar e até ser fatal para a identidade do vampiro. Por este motivo, quando esta personalidade pilota o corpo, busca aproveitar a luz do dia. Assim, nos corpos que convivem com múltiplas personalidades, cada identidade expressa doenças e sensibilidades particulares, no mundo interior e exterior, além das demais individualidades da arquitetura que estrutura a identidade de um Eu, delimitado em si mesmo. A presença de diferentes doenças, detectáveis cientificamente por meio de medições laboratoriais e exames clínicos, a depender da personalidade que sai do corpo, demonstra a impossibilidade de que o Transtorno Dissociativo de Identidade, mais conhecido como o fenômeno de múltiplas personalidades, seja fingido ou controlável pela consciência.

A dissolução do corpo em múltiplos Eus, com suas distintas memórias, personalidades e consciências, revela um aspecto que podemos considerar comum a todos os humanos: a presença de pilotos ocultos na navegação do mundo. O caso das pessoas com TDI revela partes do sistema identitário que abandonam o esconderijo, pois decidem sair para confrontar o mundo e proteger o corpo e o hospedeiro principal. Tal ato é acompanhado pela construção de uma identidade particular, com seu próprio conjunto de qualidades, mas antes do seu nascimento no domínio da existência, adormecia em estado de potência, em latente devir. Portanto, nem todos os alter egos precisam ser revelados a um só tempo, nem sempre tais presenças precisam ser expostas para o mundo, ou mesmo para o hospedeiro principal. Às vezes, tais identidades podem preferir se manter no mundo interior, ou sair, sem que o hospedeiro principal sequer note tais existências. Algumas pessoas com TDI decidem fazer diários em forma de textos, vídeos, pinturas, para que as distintas personalidades se comuniquem e se conheçam melhor, pois as vezes, não dialogam internamente. São diversas as variáveis apresentadas por pessoas com múltiplas personalidades, mas existem também padrões. O tratamento não é medicamentoso, mas a psicoterapia ajuda a organizar o sistema interno.

O trauma convoca a presença do alter ego, que poderia permanecer adormecido, caso este corpo navegasse em diferentes experiências durante os primeiros 7 anos de vida. Uma vez corrompido o sistema, a condição de múltiplas personalidades é instalada de forma permanente. A base neurológica de uma pessoa com TDI é a mesma do humano comum, mas a experiência realiza uma diferença no modo de processar o funcionamento e a estrutura identitária do Eu, que se fragmenta, como forma de proteção e sobrevivência, em busca da harmonia do sistema, integrado numa configuração de coabitação, onde diferentes pilotos compartilham o corpo-nau.

Todos possuímos navegadores ocultos, apenas não estão dissociados em múltiplas identidades externalizáveis. Ao longo da vida, aprendemos a apresentar ao mundo uma coerência em relação ao Eu. O fluxo dissociativo, no humano normal, é revertido para confluir em busca da cristalização de uma identidade única e imutável. Entretanto, as narrativas do eu interior, seja de pessoas com TDI ou das consideradas normais, apresentam, simultaneamente, doses de realidade e ficção, de originalidade e fraudulência, com efeitos distintos sobre a realidade, porém ambos navegam por meio dos artifícios paródicos da arquitetura identitária.

Segundo Blihar *et al.*[131], o estudo por eles publicado, é o primeiro a revisar sistematicamente imagens de ressonância magnética do cérebro de pacientes com TDI. Nesta perspectiva, os autores destacam a escassez de estudos adequados ao método proposto, sobretudo, ao sublinhar que a coleta de imagens de fMRI, documentadas nesta pesquisa, está restrita aos corpos com vagina. Por este motivo, reconhecem que a pesquisa ainda está na "infância", contudo, apresentam contundentes evidências neuroanatômicas que reiteram "a existência do TDI como um transtorno genuíno."[132]

---

[131] *Ibid.*, *loc. cit.*, tradução nossa.

[132] *Ibid.*, p. 1, tradução nossa.

Quando comparados aos cérebros de controles normais, os pacientes com TDI apresentam menores volumes corticais e subcorticais no hipocampo, amígdala, estruturas parietais envolvidas na percepção e consciência pessoal e estruturas frontais envolvidas na execução do movimento e aprendizagem do medo. Os pacientes com TDI também apresentam tratos de substância branca maiores que são responsáveis pela comunicação de informações entre as áreas de associação somatossensorial, gânglios da base e o pré-cuneiforme. Essas alterações neuroanatômicas parecem estar associadas a sintomas comuns de TDI, como dissociação do hospedeiro, mecanismos de defesa neurótica e ativação cerebral geral / recrutamento de circuitos.[133]

Desta forma, os autores buscam encontrar correlações entre os sintomas comportamentais observados em pessoas acometidas com a desordem de identidades e os dados coletados nas imagens holográficas da neuroanatomia de pacientes diagnosticados com TDI, em comparação com os "controles saudáveis" da forma "normal" do cérebro.

Embora seja improvável que um cérebro de tamanho global menor seja um biomarcador neuroanatômico distinto confiável neste momento, várias outras regiões do cérebro parecem ser afetadas no TDI. Parece haver um aumento nos tratos de substância branca nas regiões motoras do tronco cerebral e do hemisfério direito. Há uma redução no tamanho do córtex-orbito-frontal (OFC), que pode estar associada a uma resposta de medo anormal ou diminuída, conforme especulado acima. Os pacientes com TDI muitas vezes têm desafios com o processamento emotivo, redes de medo e aprendizagem e interpretação de emoções (APA, 2013). Pacientes com TDI descobriram até mesmo ter problemas motivacionais semelhantes aos observados em pacientes deprimidos (APA, 2013). Esses sintomas podem estar associados a um tamanho menor do córtex cingulado e ACC. O córtex parietal é parte integrante da manifestação de TDI, e um córtex parietal inferior menor poderia estar subjacente a questões de expressão, interpretação e desrealização vistas nas diferentes alterações manifestadas de pacientes com TDI. O giro angular menor e o tamanho do giro supramarginal poderiam explicar por que os pacientes com TDI às vezes têm dificuldade de expressão e autoconsciência. Um tamanho ou atividade pré-cuneiforme maior pode ser explicado por múltiplas personalidades que requerem mais circuitos do que um único hospedeiro, devido à necessidade dos alteres de manter uma perspectiva do ambiente. O menor tamanho das estruturas lobares temporais poderia explicar a desrealização do hospedeiro durante o controle alternativo. Parece haver uma correlação negativa entre o grau de traumatização e o tamanho resultante do hipocampo em pacientes com TDI (Chalavi et al., 2015b; Vermetten et al., 2006). O giro parahipocampal / fusiforme é frequentemente impactado em pacientes com TDI e tem sido associado a intrusões e sintomas de memória (Weniger et al., 2008). A maioria das pesquisas atuais favorece uma perda

---

133 *Ibid.*, *loc. cit.*, tradução nossa.

de volume e função da amígdala em TDI em comparação com controles. Especificamente, a despersonalização foi associada a mudanças na amígdala esquerda e na junção amígdala-hipocampal esquerda (Irle et al., 2007; Vermetten et al., 2006). A maioria das pesquisas atuais favorece uma perda de volume e função da amígdala em TDI em comparação com controles. Especificamente, a despersonalização foi associada a mudanças na amígdala esquerda e na junção amígdala-hipocampo esquerda (Chalavi et al., 2015b; Chalavi et al., 2015a; Irle et al., 2007). O córtex occipital e a ínsula também parecem ser afetados em pacientes com TDI, embora a implicação dessa redução no tamanho da estrutura não seja clara neste momento.[134]

Tal exame das alterações neuroanatômicas é um esforço dos autores "para validar o distúrbio e fornecer uma base para o desenvolvimento futuro de métodos mais precisos e técnicas de diagnóstico confiáveis."[135]

> Os biomarcadores neuroanatômicos documentados podem ser usados para oferecer suporte para um diagnóstico TDI, verificar factualmente os pacientes fingidos e avaliar as vítimas de traumas infantis quanto à existência potencial e desenvolvimento de sintomas dissociativos. Trabalhos futuros devem incluir tamanhos maiores de amostra e controle para mais variáveis, em um esforço para fornecer mais explicações para a etiopatogenia da TDI. À medida que as pesquisas na área crescem, as revisões futuras poderão tirar conclusões neuroanatômicas mais completas sobre a morfologia e patogênese do TDI.[136]

O caso jurídico de Jeni Haynes, talvez, seja o primeiro no mundo em que o depoimento de múltiplos alter egos presentes no corpo de uma vítima diagnosticada com Transtorno de Personalidade Múltipla ou Transtorno Dissociativo de Identidade (TDI), são considerados testemunhos válidos para condenar o agressor. Jeni convive com 2.500 personalidades em seu corpo, nascidas como meio de se proteger dos traumas causados pelos abusos sexuais do próprio pai, no caso, o réu do tribunal. Symphony, uma menina de quatro anos, é a identidade que aflora durante os abusos. Jeni é bloqueada, não é capaz de acessar a experiência, pois Symphony é quem habita a cena, é quem carrega a memória, é a personalidade capaz de lembrar o crime ocorrido. Symphony é um alter ego, que nasce para proteger o sistema interno auto regulador de Jeni, em busca da sobrevivência do corpo e do hospedeiro "original" às situações intoleráveis para a consciência de uma criança pequena. Jeni é incapaz de acessar as memórias do que ocorreu durante os abusos, mas convive com as consequentes feridas

---

134 *Ibid.*, p. 12, tradução nossa.

135 *Ibid.*, p. 1, tradução nossa.

136 *Ibid.*, p. 12, tradução nossa.

físicas e psicológicas das experiências traumáticas, que resultaram na dissociação fragmentada em 2.500 identidades. Symphony, por outro lado, estava lá, pode descrever com detalhes os crimes cometidos pelo seu próprio pai.

> Conforme os anos foram se passando, Symphony criou ela própria outras personalidades para resistir aos abusos. Cada uma de suas centenas de personalidades tinha um objetivo em comum - conter um elemento do abuso, como um ataque particularmente cruel, uma imagem ou cheiro perturbador.[137]

"Um alter ego apareceria atrás da mente de Symphony para assumir a experiência"[138], explicou Jeni, que acredita que essas personalidades podem ter sido suas defesas contra seu pai. A transformação de identidade entre Jeni e Symphony apresenta "sinais físicos que avisam da chegada de outra personalidade - Jeni começa a ter dificuldades para articular uma resposta antes da transformação."[139] Logo, o corpo retoma o controle ativamente, mas passa a se expressar com uma voz mais alta, com tom infantil e ritmo da fala acelerado: "Oi, eu sou a Symphony. A Jeni está em apuros. Eu vou te contar sobre tudo isso, se você não se importar [...]"[140]: "o que eu fiz foi pegar tudo o que eu achava que era precioso sobre mim, tudo o que era importante e bonito e esconder isso do papai, para que quando ele abusasse de mim, ele não estivesse abusando de um ser humano pensante"[141], diz Symphony, que era capaz de lembrar dos detalhes de eventos ocorridos há décadas. Memórias que Jeni é privada de conhecer para que possa sobreviver aos traumas.

---

[137] MAO, Francis. **A mulher que criou 2,5 mil personalidades para sobreviver a abusos do próprio pai**. Website. Sydney: BBC News, 2019. Disponível em: https://www.bbc.com/portuguese/geral-49610088. Acesso em: 16 nov. 2020.

[138] HEYNES, Jeni *apud* MAO, Francis. **A mulher que criou 2,5 mil personalidades para sobreviver a abusos do próprio pai**. Website. Sydney: BBC News, 2019. Disponível em: https://www.bbc.com/portuguese/geral-49610088. Acesso em: 16 nov. 2020.

[139] MAO, Francis. **A mulher que criou 2,5 mil personalidades para sobreviver a abusos do próprio pai**. Website. Sydney: BBC News, 2019. Disponível em: https://www.bbc.com/portuguese/geral-49610088. Acesso em: 16 nov. 2020.

[140] SYMPHONY *apud* MAO, Francis. **A mulher que criou 2,5 mil personalidades para sobreviver a abusos do próprio pai**. Website. Sydney: BBC News, 2019. Disponível em: https://www.bbc.com/portuguese/geral-49610088. Acesso em: 16 nov. 2020.

[141] *Ibid., loc. cit.*

Um dos fatores interessantes a ser notado é que, em diversos casos de TDI, os hospedeiros e muitas personalidades apresentam inteligências normais ou até acima da média. Há também personalidades que nem sequer usam a linguagem, mas, em muitos casos, o corpo é capaz de dispor dos diversos tipos inteligência através das múltiplas personalidades. Inclusive, Jeni estudou por 18 anos na Universidade de Queensland, localizada em Brisbane - Austrália, onde se graduou em psicologia, titulou-se como mestra em ciências sociais (estudos legais e justiça criminal) e conquistou o doutorado em filosofia (criminologia), com uma pesquisa focada em vítimas de crimes. Portanto, apesar do diagnóstico médico, que compreende diversas consequências sobre a saúde física e mental, Jeni possui cognição normal, ou acima da média, consegue conviver em sociedade e realizar as atividades diárias sem prejuízos, além de ter atitude protetora de si e do seu entorno. Ela não distorce a realidade em que vive, apenas abandona e bloqueia as experiências de abusos extremos, por meio de múltiplas personalidades capazes de lidar com a situação traumática no lugar do ego primordial da criança que é vítima.

O conceito de loucura, nos casos de TDI, ainda pode ser evocado, assim como para o humano comum, mas determina um novo campo de atuação, que caminha do conceito de deficiência ou defeito no sistema, para uma noção sobre os meios de auto regulação que o cérebro saudável pode adotar como padrão, a fim de alcançar a proteção e a sobrevivência: segundo o psiquiatra George Blair West[142], que trata Jeni há mais de 20 anos, "não existe nada de errado com a mente de Jeni ou de qualquer outro que sofra com TDI, suas mentes apenas apresentam uma sofisticação incrível, uma solução inteligente para um cenário que a maioria de nós não conseguiríamos começar a entender ou se relacionar." Assim, considera que Jeni possui dois super poderes: um é relativo ao bloqueio de gatilhos traumáticos, como o cheiro do pai, e o outro, à forma como as memórias são armazenadas com detalhes precisos sobre os acontecimentos, distribuídos em diversas personalidades que vivem em seus próprios espaços-tempos, como guardiões dos diferentes aspectos mnemônicos dos fragmentos da dhistória daquele corpo. O psiquiatra de Jeni sublinha que não é apenas a voz ou o

---

[142] WEST, George Blair *apud* 60 MINUTES Australia. **Woman with 2,500 personalities says they saved her from shocking child abuse**. Youtube: 60 minutes Australia, 2019, tradução nossa. Disponível em: https://www.youtube.com/watch?v=lsXFcbPbvI4. Acesso em: 16 nov. 2020.

jeito que muda quando outra personalidade sai, mas também é possível observar, por imagens de eletroencefalograma (EEG), que as ondas cerebrais também se transformam junto com a mudança de identidade.

Entretanto, apesar dos super poderes, análises de imagens de ressonância magnética de pacientes com TDI demonstram como a experiência é capaz de modelar a anatomia do cérebro de um ser humano normal, neurologicamente saudável, a depender das vivências durante a infância, pois esta se trata de uma condição proveniente de uma única causa até então detectada: traumas extremos em crianças. Não é devido a um fator genético, não existe medicação química, ou cura para esta condição, trata-se de uma estrutura identitária provável de ocorrer em crianças normais que vivem numa sociedade perversa. A doença está no mundo exterior, o que implica numa re-sistematização do mundo interior para lidar com realidades que não podemos controlar. A psicoterapia e o acolhimento em ambientes seguros, longe dos gatilhos traumáticos, fortalece, organiza e ajuda a controlar o sistema interno da pessoa que convive com a condição de múltiplas personalidades. Assim, o tratamento não pode reconfigurar o padrão mental para deletar os alter egos, mas consiste em buscar a harmonia entre as identidades coabitantes e as memórias traumáticas, que irradiam em fragmentos dispersos nas múltiplas personalidades.

Em março de 2019, Jeni foi autorizada a testemunhar na corte australiana como Symphony e outras cinco identidades que coabitam seu corpo. "Cada uma delas compartilhou diferentes aspectos do abuso"[143]: "Muscles, o rapaz de 18 anos, iria fornecer informações sobre os abusos físicos enquanto Linda, uma elegante jovem, testemunharia sobre o impacto da violência na vida escolar de Jeni e seus relacionamentos."[144]

No segundo dia de julgamento, após duas horas e meia de depoimento detalhado das memórias de Symphony, seu pai, Richard Haynes, interrompe a fala da testemunha e se declara culpado das 25 acusações mais perversas, na opinião de Jeni. Outras acusações foram adicionadas em sua sentença, "proferida por uma única juíza, porque os advogados consideraram que o caso seria traumático demais para um júri."[145]

---

[143] MAO, Francis. **A mulher que criou 2,5 mil personalidades para sobreviver a abusos do próprio pai.** Website. Sydney: BBC News, 2019. Disponível em: https://www.bbc.com/portuguese/geral-49610088. Acesso em: 16 nov. 2020.

[144] *Ibid., loc. cit.*

[145] *Ibid., loc. cit.*

Haynes inicialmente foi acusado de 367 crimes, incluindo múltiplos estupros. Jeni, com as suas diferentes personalidades, relatou evidências detalhadas de cada um desses crimes. As múltiplas identidades permitiram que ela preservasse essas memórias que, de outro modo, poderiam ter se perdido com o trauma.[146]

A credibilidade do depoimento proferido pelos alter egos co-hospedeiros de Jeni foi conquistada pela promotoria através da convocação de psicólogos e especialistas em Transtorno Dissociativo de Identidade. Stavropoulos[147] considera que "essa condição é tão específica que gera descrédito, incredulidade, desconforto sobre as causas disso - parcialmente porque as pessoas acham difícil acreditar que crianças podem ser submetidas a abusos tão extremos."

Jeni compreende que as vivências traumáticas de seu corpo estão congeladas no tempo através da fragmentação das memórias em diversas identidades, que as guarda intocadas como quando se formaram. Assim, pode as buscar quando precisar. Para Jeni, "o TDI salvou sua vida e sua alma. Mas esse mesmo transtorno e os traumas a que foi submetida também são fontes de obstáculos"[148], o que inclui o desafio de esconder do mundo o fato de conviver com 2.500 vozes, com opiniões e atitudes próprias. Jeni afirma que "ela e suas múltiplas personalidades 'passaram a vida agindo com receio e em constante vigilância'"[149]: "Nós escondemos a nossa multiplicidade e batalhamos por uma consistência de comportamento, atitude e crenças, o que era frequentemente impossível."[150]

O caso da pintora Kim Noble demonstra como a fragmentação da personalidade configura distintas formas de expressão artística, a de-

---

146 Ibid., loc. cit.

147 STAVROPOULOS *apud* MAO, Francis. **A mulher que criou 2,5 mil personalidades para sobreviver a abusos do próprio pai.** Website. Sydney: BBC News, 2019. Disponível em: https://www.bbc.com/portuguese/geral-49610088. Acesso em: 16 nov. 2020.

148 MAO, Francis. **A mulher que criou 2,5 mil personalidades para sobreviver a abusos do próprio pai.** Website. Sydney: BBC News, 2019. Disponível em: https://www.bbc.com/portuguese/geral-49610088. Acesso em: 16 nov. 2020.

149 Ibid., loc. cit.

150 HAYNES, Jeni *apud* MAO, Francis. **A mulher que criou 2,5 mil personalidades para sobreviver a abusos do próprio pai.** Website. Sydney: BBC News, 2019. Disponível em: https://www.bbc.com/portuguese/geral-49610088. Acesso em: 16 nov. 2020.

pender da identidade que esteja com o pincel na mão. Mãe de uma filha chamada Aimee, Kim entra e sai do hospital, desde os 14 anos. Após um curto período de contato com a arte terapia, em 2004, ela e seus alteres passaram a se interessar por pintura, contudo, não realizaram um treinamento formal. As habilidades técnicas e estéticas são provenientes das experiências de cada personalidade e do contato contínuo com a tela e a tinta. Assim, "os 13 artistas resultantes têm cada um seu próprio estilo, cor e temas distintos com os quais trabalham. Muitos não sabem que compartilham um corpo com outros artistas. Juntos, eles já tiveram mais de 60 exposições, nacionais e internacionais."[151] Apesar de apenas 13 alter egos estarem no conjunto de autores das pinturas, Kim teve sua identidade fragmentada em mais de 100 partes.

---

151 NOBLE, Kim. **About** [20-?], tradução nossa. Website. Disponível em: https://www.kimnobleartist.com. Acesso em: 18 nov. 2020.

1.2. SINFONIA DO CORPOMÍDIA

Para explicar os processos cerebrais, é possível utilizar a analogia da orquestra sinfônica, uma vez que, assim como as operações neuronais profundas dos campos dendríticos, os tons musicais podem ser descritos em termos de *wavelets* de Gabor. "*Wavelets* não são números instantâneos. Como seu nome indica, as *wavelets* têm uma inclinação inicial e uma inclinação de contrabalanceio. Pense em um tom musical: você sabe um pouco sobre de onde vem e um pouco sobre aonde está levando."[152] "É como água. Quando a energia de uma descarga de impulsos nervosos atinge a 'margem' da retina, a ativação pré-sináptica forma uma 'frente de onda'. Mas quando a atividade no córtex cerebral é mapeada, obtemos *wavelets*, os 'quanta de informação' de Gabor."[153] A frequência no espaço-tempo foi convertida em densidade espectral no domínio da transformação. As ondas ocorrem no espaço-tempo, o espectro não.

Nesta perspectiva, Pribram[154] absorve a proposta de Paul Smolensky (1996) sobre a forma dos padrões que o processamento cortical assume. Por meio do conceito de recuperação da memória, Smolensky delineia os fundamentos de uma teoria harmônica do processamento da memória, na qual "encapsula o que o processo de auto-organização do cérebro, sua memória, não é e como deve ser":

> O conceito de recuperação de memória é reformalizado em termos da evolução contínua de um sistema dinâmico em direção a um ponto atrator cuja posição no estado espacial é a memória; você naturalmente obtém a dinâmica do sistema de forma que seus atratores estejam localizados onde as memórias deveriam estar; assim, os princípios do armazenamento da memória são ainda mais diferentes de suas contrapartes simbólicas do que os da recuperação da memória.[155]

---

[152] Ibid., p. 107, tradução nossa.

[153] Ibid., loc. cit., tradução nossa.

[154] PRIBRAM, Karl H. **The form within**: My point of view. Westport: Prospecta Press, 2013, p. 337, tradução nossa.

[155] SMOLENSKY, Paul. 1996 *apud* PRIBRAM, Karl H. **The form within**: My point of view. Westport: Prospecta Press, 2013, p. 337, tradução nossa.

Desta forma, a recuperação da memória funciona como a regência de uma orquestra, pois em todos os momentos, "a performance é uma evolução dinâmica das frases musicais."[156] Entretanto, esta noção das operações cerebrais destoa da concepção comum, que compreende que o processamento da memória consiste em armazenamento e recuperação: a própria recuperação é um processo de armazenamento de memória, porém um processo de memória separado, que se dirige aos processos de memória distribuídos na estrutura profunda do cérebro.

A analogia da orquestra sinfônica expressa que, tanto os intérpretes, quanto o maestro, precisam lembrar da música através do auxílio das partituras, caso pretendam alcançar a harmonia sonora desejada. Desta forma, as células da orquestra precisam saber da ação seguinte com antecedência, por meio de um contínuo sistema de evolução dinâmica com pontos atratores de estabilidade temporária longe do equilíbro. Embora seja um aspecto separado do processamento profundo, observa-se, no entanto, que a "recuperação" da memória é um processo cerebral armazenado, que deve ser ativado para ser eficaz.[157] Como este processo é materializado na relação entre a experiência, o comportamento psicológico e o funcionamento do cérebro, os padrões que a linguagem descreve, bem como os padrões que apreciamos como música, refletem a maneira como o processo de recuperação da memória trabalha na realidade. A música pode ser tocada por uma orquestra, ou um CD, ou cantadas no chuveiro; as palavras podem ser faladas, escritas no papel ou na areia, seja com os movimentos da mão, dos pés ou da boca. Ou seja, a mesma expressão pode ser incorporada e enunciada por meio de uma variedade de mídias, formas e ações. Por este motivo, Pribram[158] afirma que "a modalidade não tem uma forma espacial. Em vez disso, é uma personificação do padrão". Na relação entre cérebro, comportamento e experiência, portanto, o meio não é a mensagem.

Assim como Pierre Levy, grande parte dos estudos da cultura, considera que a mídia é o suporte material de enunciação, pois a comunicação, normalmente, ocorre através de meios materiais, como o ar, a água, o fio ou o corpo. Esta percepção sobre as mídias encapsulou

---

156 PRIBRAM, Karl H. **The form within**: My point of view. Westport: Prospecta Press, 2013, p. 337, tradução nossa.

157 *Ibid.*, p. 393, tradução nossa.

158 *Ibid.*, p. 397, tradução nossa.

um jargão de McLuhan[159], até hoje repetido incessantemente: "o meio é a mensagem". Entretanto, como observa Bertrand Russell, "a forma de um meio é amplamente irrelevante para a forma de comunicação que é mediada por esse meio."[160] No lugar da forma do material que transmite o padrão, é a forma comunicada de um padrão que interessa. Contudo, é preciso considerar "o fato de que a comunicação depende de ser incorporada em algum tipo de meio material e que a incorporação exige um conhecimento particular, conjuntos particulares de transformações para realizar a incorporação."[161] Nesta perspectiva, Pribram[162] soluciona a questão da interdependência entre a comunicação e a matéria, através da interpretação de que "a massa é uma 'ex-formação', uma forma de fluxo externalizada (extrudada, palpável, concentrada). Neste sentido, a comunicação (mental) é uma formação 'internalizada' de fluxo, sua 'in-formação'."

Conforme relatado na edição de fevereiro de 2004 da *Popular Science*, Chapin e Nicolelis descobriram algo que "desafiou instantaneamente a sabedoria convencional sobre a forma como os neurônios enviam suas mensagens"[163]: os comandos, até mesmo para os movimentos mais simples, exigiam muito mais do que um minúsculo agrupamento de neurônios. Nesta perspectiva, os autores concordam com Pribram ao descreverem o comportamento orquestrado dos conjuntos de neurônios espalhados pelo cérebro, no qual muitos dos mesmos neurônios participam da geração de diferentes tipos de movimentos corporais.

A descoberta de "uma orquestra de neurônios espalhados pelo cérebro"[164], envolvidos em um ato análogo ao modo como a música é produzida, revela os meios de ação do corpo em relação ao mundo em que navega. Assim como cada orquestra reproduz a partitura de uma mesma sinfonia de forma diferente, cada corpo ressoa de modo idiossincrático, particular, personalizado, mesmo quando compartilhamos

---

159 MCLUHAN, Marshall. Os meios de comunicação como extensões do homem (Understanding Media) - 1964. Trad. Décio Pignatari, São Paulo: Editora Cultrix, 1969.

160 *Ibid.*, p. 458, tradução nossa.

161 *Ibid.*, p. 458/459, tradução nossa.

162 *Ibid.*, p. 459, tradução nossa.

163 *Ibid.*, 418, tradução nossa.

164 *Ibid.*, *loc. cit.*, tradução nossa.

os mesmos instrumentos e notas. Cada observador, portanto, realiza a interpretação dos estímulos à sua maneira.

Alguns exemplos de casos médicos são especialmente relevantes para expressar a noção do corpo como um complexo e controlável sistema de autorregulação sinfônica; como quando uma bala de revólver, alojada em um dos ventrículos ("pequenos estômagos"), cheio de líquido cefalorraquidiano, passou a interferir no humor do paciente, a depender do movimento matinal realizado com a cabeça:

> Se, quando se levantasse, baixasse a cabeça de lado para o lado da cama, ficaria alegre em alguns minutos; quando ele inclinou a cabeça para trás, seu mau humor voltaria. Com certeza, os raios X mostraram que ao inclinar a cabeça para a frente ou para trás, o paciente poderia mudar a localização da bala, que "flutuaria" para dentro do ventrículo.[165]

Outro caso interessante de alteração da regulação do humor se trata de um "tumor na base do lobo frontal (um meningioma da placa cribiforme através da qual os nervos olfatórios entram no cérebro)"[166], que transformou uma paciente com o dhistórico de uma personalidade doce, suave e amistosa, numa pessoa amarga, ranzinza e desagradável: "Ela estava incontinente (urinou na cama), xingou as enfermeiras, recusou-se a ajudar a se manter limpa - em geral ela era uma pessoa horrível. O tumor havia crescido lentamente e era tão grande que foram necessárias três operações para o remover."[167] Neste caso, "o notável sobre os sintomas desta paciente é que ela reconheceu que seu comportamento era impróprio, mas não conseguiu se corrigir."[168] Assim, não desejava ser agressiva, mas estava incapaz de controlar o ímpeto desagradável. Inclusive, após a retirada do tumor, pediu desculpas para as enfermeiras por ter sido hostil e voltou a ser, segundo o próprio marido da paciente, "a doce menina com quem casou."[169]

...

---

[165] *Ibid.*, p. 175, tradução nossa.
[166] *Ibid.*, p. 295, tradução nossa.
[167] *Ibid.*, *loc. cit.*, tradução nossa.
[168] *Ibid.*, *loc. cit.*, tradução nossa.
[169] *Ibid.*, *loc. cit.*, tradução nossa.

Em seus escritos, Pribram[170] descreve uma abordagem avessa ao método hegemônico dos estudos neurológicos: enquanto o pensamento científico dominante fundamenta as observações através de correlações simples ou circuitos de causa-efeito, o autor sugere que o sistema nervoso opera por meio de "processos de 'auto-organização' proativos e dinâmicos, que levam ao refinamento progressivo de nossas observações e, assim, ao refinamento dos alvos de nossas ações e a diversidade de nossas percepções." Nesta perspectiva, sublinha como o conhecimento íntimo do cérebro possui o potencial de afetar a maneira como transformamos o mundo.

> Para entender como nossos processos cerebrais se relacionam com a organização de nosso comportamento, bem como com a organização de nossas percepções e sentimentos, precisamos atualizar nossa ciência, como indicado no capítulo anterior, estabelecendo as coordenadas de explicação de cada escala de investigação e mudando toda a forma de explicação da eficiência de Aristóteles para sua causação formal.[171]

A teoria do arco reflexo pressupõe que os processos cerebrais são compostos de ciclos de entrada e saída. Contudo, segundo Pribram[172], o cérebro é formado por "processos paralelos entrelaçados e interpenetrados." Por vezes, descobre-se que uma célula nervosa opera em mais de uma função, como no caso dos experimentos no nervo óptico, que também responde aos estímulos sonoros e táteis, quando estamos vigilantes (acordados e atentos).

As falhas na abordagem das ciências que observam o cérebro como ciclos de entradas e saídas são demonstradas por meio de diversos experimentos neurológicos que descontroem esta perspectiva diante das evidências experimentais. Em um deles, Pribram[173] colocou eletrodos no córtex motor (giro pré-central). Sob o olhar da teoria do arco-reflexo, o córtex motor deveria ser um local de saída, contudo, encontrou-se uma entrada, que recebe informações desde o nervo ciático. Portanto, dados contradizem a ideia, ainda hoje, dominante de que o sistema nervoso funciona com base em "uma entrada para um centro de processamento a partir do qual uma saída é gerada."[174]

---

170 *Ibid.*, p. 16, tradução nossa.

171 *Ibid.*, p. 353, tradução nossa.

172 *Ibid.*, p. 166, tradução nossa.

173 *Ibid.*, p. 141, tradução nossa.

174 *Ibid.*, *loc. cit.*, tradução nossa.

Este pensamento é formulado cientificamente por Charles Sherrington, na virada do século 19 para o 20, com o objetivo de explicar o funcionamento neurológico através dos seus estudos da medula espinhal de sapos, inspirados pela lei de Bell e Magendie. Apesar do próprio autor da teoria do arco reflexo a considerar "uma 'ficção', uma metáfora que nos permitiu entender como o sistema nervoso funcionava"[175], Pribram[176] observa que "a 'ficção' de Sherrington de um reflexo como uma unidade de análise do comportamento foi a base do período behaviorista na psicologia." Em contraposição à formulação de Sherrington, no livro *Plans and Structure of Behavior,* Pribram[177] baseia sua análise sob a perspectiva de que "a unidade de comportamento não é um arco reflexo, mas uma entrada para uma sequência 'teste-operação-teste-saída', um TOTS, que é também a unidade que compõe um programa de computador." Neste sentido, a partir de evidências científicas colhidas em experimentos laboratoriais, Pribram[178] propõe uma mudança em relação à visão da "unidade fundamental de comportamento como um arco para a ver como um *feedback* do tipo termostático", uma vez que os reflexos podem se combinar de várias maneiras. Desta forma, o problema não está na aquisição do conceito de "reflexo", mas na descrição do reflexo como arco, pois "a organização do reflexo e, portanto, do comportamento, é mais semelhante ao de um termostato controlável."[179]

Tal mudança da metáfora abandona a ideia de um "arco", no qual o comportamento é controlado diretamente por uma entrada, para adotar a metáfora de um "termostato controlável", "onde o comportamento é controlado pelas operações de um organismo para cumprir um objetivo."[180] Em 1978, Leontiev agrega um passo à tese de Pribram sobre o termostato neurológico ao sugerir que tais processos são baseados em reflexões e não em reflexos.

> O cérebro é concebido como o órgão que nos permite seguir um curso constante que decidimos estabelecer para nós mesmos. Ao contrário dos princípios da psicologia de meados do século 19 na União Soviética, na Europa e

---

175 *Ibid.*, p. 145, tradução nossa.
176 *Ibid.*, *loc. cit.*, tradução nossa.
177 *Ibid.*, p. 147, tradução nossa.
178 *Ibid.*, p. 149, tradução nossa.
179 *Ibid.*, p. 146, tradução nossa.
180 *Ibid.*, *loc. cit.*, tradução nossa.

em outros lugares, não estamos totalmente à mercê do meio ambiente. Não é um mundo de entrada e saída que estamos condicionados a viajar. Nós escolhemos. O mundo é significativo porque pretendemos escolher onde, quando e como navegar.[181]

A abordagem neurocientífica sobre o cérebro progride desde a concepção do arco reflexo para um processo programável semelhante a um termostato, que é controlável por meio de fontes paralelas e separadas. "Até mesmo o processo homeostático biológico, a inspiração para o termostato, agora é conhecido por ser reostático (*rheo* é o latim para 'fluxo'), um processo programável e ajustável."[182] Entretanto, Pribram[183] considera que "essas etapas não foram suficientes para explicar totalmente nossas habilidades intrínsecas não apenas para navegar, mas também para construir o mundo que habitamos."

Ao cortar as raízes dorsais de cães, Graham Brown observou que os animais lobotomizados não apresentavam dificuldade para andar. Assim, concluiu que a locomoção parece ser "pré-programada".[184] A partir deste estudo de Brown, que "enfatizou o fato de que cortar as raízes sensoriais dos nervos periféricos deixa os movimentos de um animal intactos"[185], Rodolfo Llinás intitula as unidades de comportamento de "padrões de ação fixos". Tais padrões antecipam "o próximo passo" à medida que se tornam atualizados. "Este aspecto do comportamento não pode ser explicado pelo arco reflexo de Sherrington, mas pode ser prontamente tratado pela mudança da metáfora para o termostato controlável."[186]

Entretanto, após uma série de experimentos financiados por Pribram, nos quais as raízes sensoriais foram cortadas em uma extensão muito maior do que nas pesquisas de Graham Brown, constatou-se que "embora o movimento grosseiro ainda fosse possível, ele estava seriamente prejudicado e o aprendizado de uma habilidade estava ausente."[187] Portanto, demonstrou-se que mesmo o conceito de padrões de ação fi-

---

181 *Ibid.*, p. 150, tradução nossa.

182 *Ibid.*, p. 153, tradução nossa.

183 *Ibid.*, *loc. cit.*, tradução nossa.

184 *Ibid.*, p. 161, tradução nossa.

185 *Ibid.*, *loc. cit.*, tradução nossa.

186 *Ibid.*, p. 162, tradução nossa.

187 *Ibid.*, *loc. cit.*, tradução nossa.

xos possui limitações, pois, em uma escala maior, é incapaz de explicar por si só como funciona a relação entre o cérebro e o comportamento.

Para solucionar o problema conceitual dos "padrões de ação fixos", proposto por Llinás, Pribram[188] sugere a adoção do conceito de "atratores com estabilidades temporárias distantes do equilíbrio": "o termo 'atrator' deriva do fato de que traçamos os caminhos pelos quais as estabilidades são atingidas. Esses diagramas de caminho servem para indicar onde encontraremos as estabilidades no futuro."[189]

Pribram[190] critica a noção criacionista de que o *design* evolucionário é "inteligente", pois implica numa conotação que pressupõe um agente criador. Para resolver tal questão semântica, propõe descrever este aspecto da natureza como "inerente", composto por processos de auto-organização, que formam atratores com estabilidades temporárias distantes do equilíbrio: assim, a teoria da evolução é enriquecida com a perspectiva de *design* inerente, que retira a ênfase criacionista das análises sobre o funcionamento da vida.

Desta forma, a apresentação da teoria de sistemas dinâmicos, com formações de estabilidades longe do equilíbrio, amplia a compreensão evolucionária proposta por Darwin: "uma teoria completa da evolução precisa ser baseada na inter-relação contextual de todas as partes dos seres vivos e na inter-relação dos próprios seres vivos."[191] Neste sentido, a diversidade auto-organizada e o refinamento no *design* são criados continuamente por tais relações.

Nos humanos, por meio da aprendizagem, que envolve processos de auto-organização no cérebro, a auto-organização ocorre ao longo de toda a vida. Segundo Pribram[192] (p.323) a auto-organização do cérebro ocorre através do mesmo processo "genético" que formam os embriões humanos, o estágio inicial dos organismos vivos. O resultado é um *kluge* (do alemão, inteligência), mais ou menos inerentemente viável, que experimentamos diariamente.

A contribuição de Darwin introduziu a diversificação e a seleção para compreender a adequação única das criaturas biológicas a seus

---

188 *Ibid.*, p. 339, tradução nossa.

189 *Ibid.*, *loc. cit.*, tradução nossa.

190 *Ibid.*, p. 322, tradução nossa.

191 *Ibid.*, p. 322/323, tradução nossa.

192 *Ibid.*, p. 323, tradução nossa.

habitats. A seleção natural é realizada por meio da sobrevivência de organismos, que se adaptam à nichos, onde regem as condições necessárias para a existência da espécie, dentro de um ambiente físico e social hostil e competitivo.[193]

O genótipo expressa a forma profunda de diversificação, que ocorre em parte, aleatoriamente, ao acaso, e, em parte, por meio de transações sexuais. Entretanto, o professor de Darwin, John F. W. Herschel, opôs-se à ideia de que a variação aleatória poderia explicar a diversidade das criaturas, pois algum tipo de projeto parecia estar em ação.

Em janeiro de 2009, a *Scientific American* dedicou a publicação para realizar uma revisão abrangente da teoria darwiniana atual. Num artigo sobre o futuro da evolução humana, Peter Ward[194] observa que "a evolução de fato mostrou pelo menos um vetor: em direção ao aumento da complexidade." Pribram[195] explica que este aumento de complexidade é realizado, em grande parte, por genes reguladores, que operam dentro de restrições. "Quando as restrições são afrouxadas, novas estabilidades distantes do equilíbrio podem ser estabelecidas."[196] Assim, os autores apresentam uma teoria da complexidade inerente para suplementar, sem substituir, a tese evolucionária que afirma a "aleatoriedade" na contabilização da diversidade.

...

O corpo humano, suas vértebras e sistema nervoso, são formados em segmentos como os de uma minhoca, a sensibilidade é perdida apenas nas partes abaixo do corte. Pribram[197] sublinha que as sensibilidades da pele podem ser classificadas em dois tipos: toque e pressão constituem uma categoria, enquanto dor e temperatura constituem a outra.

> Essas duas categorias de sensibilidades são claramente separadas em nossa medula espinhal. Os nervos que transmitem as sensações de toque e pressão chegam ao nosso cérebro pela parte posterior do cordão; aqueles que transmitem dor e temperatura passam pela lateral do cordão. Esse arranjo

---

193 *Ibid.*, p. 324, tradução nossa.

194 WARD, Peter. 2009 *apud* PRIBRAM, Karl H. **The form within**: My point of view. Westport: Prospecta Press, 2013, p. 324, tradução nossa.

195 PRIBRAM, Karl H. **The form within**: My point of view. Westport: Prospecta Press, 2013, p. 324/325, tradução nossa.

196 *Ibid.*, p. 325, tradução nossa.

197 *Ibid.*, p. 182, tradução nossa.

permite que os cirurgiões cortem a lateral do cordão nos pacientes que estão sentindo dor intratável, a fim de cortar as fibras de "dor e temperatura" dos pacientes sem perturbar sua sensação de toque.[198]

Desta forma, não há como isolar o canal fibroso da dor e da temperatura, pois quando a medula espinhal e os nervos de dor/temperatura são cortados, a sensibilidade à dor e à temperatura são eliminadas simultaneamente. Contudo, permanece as sensações de toque e pressão.

Além da interseção estrutural entre a dor e a temperatura, a dor e o prazer compartilham associações neurológicas. Uma das evidências consiste em experimentos que "mostraram que a dor é um processo no qual a experiência do prazer pode ser o antecedente da experiência da dor."[199] O prazer, bem como outras espécies de desejos sedentos (comida, água, drogas, sexo, por exemplo), normalmente, expressam uma fase apetitiva autolimitada, que termina em saciedade.

> A descoberta de como o processo cerebral funciona para produzir uma fase de apetite e saciedade tem importantes implicações clínicas. O prazer é autolimitado, a menos que você engane o processo, como na bulimia, causando um curto-circuito: a pessoa com bulimia esvazia artificialmente seu estômago para que os sinais que geralmente significam saciedade, como estômago cheio e absorção de gorduras, sejam interrompidos. O processo de curto-circuito do bulímico é paralelo ao que ocorre na autoestimulação do cérebro? Ou, como na anorexia, a cultura pode desempenhar o papel de "manter a estimulação" no papel da auto-imagem de uma pessoa, de modo que o cérebro da pessoa esteja sempre configurado para experimentar apenas um modo de "desligamento". Precisamos encontrar maneiras não invasivas pelas quais possamos alterar as configurações no cérebro das pessoas com esses transtornos alimentares.[200]

Entre os encontros relatados por Pribram[201], algumas experiências misteriosas evidenciam que não apenas a dor e o prazer são controláveis por meio de processos cerebrais, mas também as lesões do corpo. Como exemplo de experiências que destoam da normalidade material, encontramos os recentes registros do mapeamento neurológico de Sufis e outras pessoas islâmicas, que apontam para um grande aumento na corrente DC (contínua) quando imersos no estado de transe. Em transe, os experimentadores colocaram picadores de gelo nas bochechas, além de outros atos

---

[198] Ibid., loc. cit., tradução nossa.

[199] Ibid., p. 189, tradução nossa.

[200] Ibid., loc. cit., tradução nossa.

[201] Ibid., p. 40/41, tradução nossa.

normalmente prejudiciais, sem, contudo, causar a sensação de dor, sangramento ou dano ao tecido. Porém, "esses mesmos indivíduos, quando não estão em transe, respondem com dor, sangramento e danos aos tecidos, como todos nós quando feridos."[202] As fronteiras entre as experiências normais e extraordinárias demonstra a artificialidade que compõem a programação da crença para compor a realidade que acreditamos ser verdade. Pois, caso tais pessoas não acreditassem profundamente que a meditação e o transe resultassem na probabilidade de vivenciar uma experiência real de agressão corporal, sem resultar em danos físicos ou reações de dor, a realização do ato não seria alcançada. Para Pribram[203]:

> Sonhos, drogas e meditação Zen têm em comum sua capacidade de dissolver as fronteiras que normalmente definem nossa capacidade de formular o certo e o errado, limites que normalmente usamos para navegar em nosso mundo. Tanto na ciência quanto nas humanidades, construímos essas fronteiras para dar forma ao nosso mundo físico e social.[204]

Entretanto, observa que "para as ciências do cérebro em si, a questão não é o que é certo e errado, mas que o *sapiens* tem a capacidade de conceber o que é certo e errado. Conceber o certo e o errado envolve consciência e escolha consciente."[205]

...

> As verdades emergem dos fatos; mas eles mergulham nos fatos novamente e os aumentam; quais fatos novamente criam ou revelam uma nova verdade... E assim por diante indefinidamente. Os próprios fatos não são verdadeiros. Eles simplesmente são. A verdade é a função das crenças que começam e terminam entre elas. - William James, Pragmatism: A New Name for Some Old Ways of Thinking, 1931.[206]

Por sermos capazes de perceber objetos por meio do movimento relativo de nós mesmos dentro do mundo em que navegamos, os objetos podem ser considerados construções dos sistemas cerebrais que computam os resultados desses movimentos. O uso do termo "construção" não significa dizer que a experiência de navegação não seja num

---

202 Ibid., *loc. cit.*, tradução nossa.

203 Ibid., p. 492, tradução nossa.

204 Ibid., *loc. cit.*, tradução nossa.

205 Ibid., *loc. cit.*, tradução nossa.

206 JAMES, William. 1931 *apud* PRIBRAM, Karl H. **The form within**: My point of view. Westport: Prospecta Press, 2013, p. 7, tradução nossa.

mundo real: quando chutamos uma parede e machucamos o dedo, não resta dúvidas de que o mundo navegável seja real. Por sua vez, "essa falta de dúvida forma uma crença que se baseia em nossa experiência inicial."[207] A crença, portanto, está intimamente envolvida na forma como percebemos um mundo objetivo.

> Sem dúvida, não há crença. Se não houvesse dúvida, as experiências simplesmente existiriam. Como no caso do materialismo e do mentalismo, um não poderia ser articulado sem o outro. Se não há cima, não pode haver baixo. A dúvida engendra a busca e a busca engendra a crença. A crença vem em uma gama de ambigüidade e, portanto, oferece-nos uma gama de garantia - e cada um de nós difere em nossa tolerância à ambigüidade. A certeza pode estar centrada em você mesmo ou no mundo em que navegamos.[208]

A experiência perceptiva pode ser totalmente diferente de nossas explorações visuais usuais, através da distinção das percepções derivadas de diferentes experiências sensoriais: é empiricamente notável que ver uma pessoa ou objeto é muito diferente da experiência do tato, audição, olfato ou paladar. Segundo Pribram[209]:

> Em algum lugar ao longo da linha, conforme processamos essas várias entradas, damos um salto de fé: todas essas experiências ainda são experiências do mesmo "alguém". Na linguagem científica da psicologia, isso é chamado de processo de "validação consensual", validação entre os sentidos.

À medida que envelhecemos, a fé na unidade de nossas experiências se estende para além das explorações sensoriais do próprio corpo, pois incluímos os relatos de outros observadores em nossos regimes de verdade. Por este motivo, é comum acreditarmos que "nossas experiências, quando apoiadas por outras pessoas, apontam para uma 'realidade'. Mas esta é uma fé que se baseia em experiências díspares."[210]

Michael S. Gazzaniga[211] considera que "todos nós compartilhamos as mesmas redes e sistemas morais, e todos respondemos de maneiras semelhantes a questões semelhantes." O que nos diferencia, segundo o autor, não é o comportamento, mas as teorias sobre o porquê responde-

---

[207] PRIBRAM, Karl H. **The form within**: My point of view. Westport: Prospecta Press, 2013, p. 18, tradução nossa.

[208] *Ibid.*, p. 494, tradução nossa.

[209] *Ibid.*, p. 118/119, tradução nossa.

[210] *Ibid.*, p. 119, tradução nossa.

[211] GAZZANIGA, Michael S. *apud* PRIBRAM, Karl H. **The form within**: My point of view. Westport: Prospecta Press, 2013, p. 305, tradução nossa.

mos da maneira que costumamos agir. Portanto, entender que a fonte dos conflitos consiste nas diferenças entre teorias, pode ajudar a humanidade a conviver em paz com pessoas de distintos sistemas de crença.

...

Para os humanos, há, no mínimo, uma década de milênios, desde que os pensamentos transpiram palavras, do suor verbal, escritos registram para, com o tempo, a ideia não evaporar. A palavra condensa o significado do símbolo anotado. Gotas sudoríferas da reprodução do saber exalam palavras por meio dos poros da epiderme do corpo: um processo de excreção biomecânico automatizado, que mantém a ação, mesmo quando estamos desatentos. Há quem pense e transpire sons, gostos, cheiros, imagens, ou outras configurações da imaginação. Aconselha-se a auto-observação do conteúdo sudorífero, pois pode conter toxinas em todas as formas da morfo-simbologia imaginária (som, verbo, palavra, imagem, etc). Num mundo que sofre de hiperinformação, é prudente parar o corpo e praticar o silêncio, se possível de olhos fechados, mantendo-se desperto e em plena atenção, mesmo com a redução dos estímulos internos e externos. A respiração é o fenômeno biológico que a meditação *anapana* utiliza para observar as sensações localizadas e transitórias, que, no caso do *vipassana*, expande-se para todo o corpo. Há também diversas variantes de meditação atenta por meio da mentalização de imagens, cores, sons, palavras, etc.

Sobretudo, é preciso cultivar o hábito de consumir informações de qualidade, além de observar o equilíbrio simbólico entre os dispositivos de informação. Ou seja, recomenda-se leitura verbal quando se consome excessiva dose audiovisual; e o oposto, para quem exagera na verbalidade das experiências. Nesta balança instável, pesa-se ainda a busca do equilíbrio entre o consumo midiático e as experiências mundanas *offline*. Cada corpo é único em referência as dosagens, mas existem padronizações cientificas como sugestão. Fato é que desfrutar da arte (mídia-virtual) e da natureza (mídia-real) catalisa o equilíbrio da balança. Buscar o equilíbrio próprio demonstra empiricamente que os métodos de limpeza e harmonização resultam em efeitos no estado de humor, que podem ser reconhecidos como felizes, ou equânimes, mesmo em casos irremediáveis. Contudo, segue a pergunta: por que passar por experiências dolorosas, ruins, perversas, quando poderia somente existir a leveza do bem-viver?

...

Os pensamentos entoam potentes ondas vibratórias que passam despercebidas pelos sentidos fisiológicos, mas atuam na cotidianidade. Já a voz adensa a vibração intencionada para ser sentida objetivamente no campo físico. A oralidade gera ondas eletromagnéticas no entorno das pessoas com tamanha potência vibratória, que as multidões fervorosas em arenas ou os batalhões em guerra, ou os fiéis das cerimônias religiosas em grandes catedrais, sentem os efeitos psicoativos em seus corpos mergulhados no mar de ondas sonoras amplificadas. Tamanho impacto do som na matéria, que as ondas sonoras geradas por vários bambus chicoteando a superfície d'água, é uma técnica de pesca. Tal mudança de perspectiva, evidencia como as mídias industrializadas reproduzem discursos negativos, no sentido do conflito, da violência e do medo. A busca do prisioneiro é a libertação de emoções e pensamentos viciados limitantes e de autodestruição.

Se materializo realidades com afirmações, por que não estou onde desejo estar? Ou já estou exatamente neste entre-lugar? Se perco o desfrute do aqui e do agora para racionalizar meus desejos reais no passado ou para o futuro, escapo da perfeição do eterno presente, que costuma frustrar expectativas, mas cumpre a experiência precisa. Como ouviu meu amigo Válter de uma entidade passante numa festa em Santo Amaro da Purificação – Bahia: "a expectativa é a mãe da desilusão". Seriam as realidades materiais méritos da criação de egos individualizados ou conjuntos de saberes coletivos apreendidos e disponibilizados como numa nuvem de probabilidades, alimentada pela reprodução da reserva potencial de informações vivenciadas, como um arquivo de memórias que a matéria utiliza para criar formas de existir? Tais memórias anteriores à matéria (campo mórfico) são coletadas a partir da experiência física da rede de corpos sencientes. Em geral, os corpos físicos são astros orbitando no céu. Do ponto de vista das estrelas, sou o astro que brilha na escuridão. Os corpos celestes caminham em fluxos próprios, em harmonia ou conflitos destruidores, que por outro lado, são explosões de luzes. Somos instrumentos refinados da sinfonia cósmica. Tocar em harmonia significa estar afinado ao fluxo orquestral dos astros navegantes do nada. Quem somos nós?

Quando pensamos os corpos animais como instrumentos musicais que absorvem e irradiam vibrações, podemos perceber corpos harmonizados ou desafinados. Os conjuntos de corpos funcionam como orquestras de vibrações. Um pequeno espectro destas emissões é percebido diretamente através dos cinco sentidos fisiológicos. Mesmo a admirada visão humana percebe uma curta faixa do espectro de ondas eletromagnéticas, que interpretamos como a realidade material visível através de formas e cores. O mesmo processo cognitivo ocorre com os demais sentidos na busca de significar as interações com o meio: as incorporações dos estímulos eletromagnéticos, mediadas pela imaginação e razão, significam a experiência percebida através das memórias apreendidas.

Há dezenas de milênios, humanos, dispersos em ilhas continentais, sem comunicação física entre terras, desenvolveram, no mesmo período, a tecnologia estética de pintar em pedras (pintura rupestre). Tais eventos, em que pessoas percebem, simultaneamente, um mesmo sentimento em espaços distantes, a ciência quântica compreende através dos conceitos de *ressonância límbica*[212], *campo mórfico* e *ressonância mórfica*[213]. A inteligência apreendida através das experiências dos corpos sencientes, após um misterioso número de incorporações, resulta na geração espontânea de expressões tecnológicas comuns, no mesmo período, em diferentes partes do planeta. A lei do *centésimo macaco*[214] é uma metáfora que representa um número estimado para o gatilho quântico funcionar paralelamente na humanidade. Assim, se um montante de pessoas atingirem determinadas frequências vibratórias, ou aprendizagem técnica, os demais corpos da rede celular, instantaneamente, absorvem a informação e passam a vibrar em sintonia. Provavelmente, o que ocorreu com a posição bípede dos humanos. A *epigenética* é um estudo que percebeu as "modificações no genoma que são herdadas durante a divisão celular e que não estão relacionadas com a mudança na sequência do DNA."[215] Nesta perspectiva, "existem algumas características que distinguem a epigenética dos mecanismos da genética convencional: a reversibilidade, os efeitos de posicionamento, a habilidade de agir em distâncias não esperadas maiores do que um único gene."[216] Tais padrões epigenéticos são sensíveis aos fatores ambientais, "que podem causar mudanças fenotípicas que serão

---

212 LEWIS, AMINI, LANNON. **A general theory of love.** Nova Iorque: Random House, 2000.

213 SHELDRAKE, Rupert. **A ressonância mórfica e a presença do passado.** Lisboa: Instituto Piaget, 2009.

214 KEYES, Ken Jr. **O centésimo macaco.** São Paulo: Ed. Pensamento, 1990.

215 FEINBERG *apud* MULLER, Henrique Reichmann; PRADO, Karin Braun. Epigenética: um novo campo da genética. **Rubs**, v. 1, n. 3, p. 61-69, 2008, p. 63.

216 MULLER, Henrique Reichmann; PRADO, Karin Braun. Epigenética: um novo campo da genética. **Rubs**, v. 1, n. 3, p. 61-69, 2008, p. 63.

transmitidas aos descendentes."[217] Desta forma, sem alterar a sequência do DNA, o corpo em vida é capaz de modificar a expressão do genoma por meio da experiência, além de transferir informações subjetivas para os herdeiros genéticos.

Somos partes separadas da alteridade ou a unidade do infinito? Qual o limite da autonomia da subjetividade dos seres sencientes, quando inseridos numa realidade física de espelhos fractais? O caleidoscópio deforma a matriz visual em infinitas projeções da unidade emissora de luz. As projeções invertem e modificam o ângulo do objeto observado. Quantas projeções existem de nós? Cientificamente comprovadas, infinitas. O universo caleidoscópico que compomos é acessado pela subjetividade humana através da percepção cognitiva e sensitiva. Enquanto fixar minha perspectiva neste ponto de vista, que é uma zona de conforto, a realidade que se apresenta permanece com aparência imutável; mas, se caminho e me viro de ponta cabeça, expando a noção dos reflexos espelhados. O infinito é o ponto de partida e de chegada no muro caleidoscópico das ilusões reais. Onde estiver, é sempre o meio: por mais que caminhe, a distância do horizonte permanece a mesma.

---

[217] *Ibid.*, *loc. cit.*

1.3. IMPLOSÃO DOS MUROS DAS ILUSÕES REAIS

O silêncio é um caminho para passar despercebido no presídio das ilusões reais, mas é preciso uma revolução, que nos permita berrar sem medo de opressão. A revolução silenciosa é real, mas acompanha a questão: há como escapar dos estrondos da destruição do cistema? Uma qualidade pode não excluir a outra, mas se unir como distintos aspectos de uma mesma aparência. Assim, a revolução descolonizatória pode ser, simultaneamente, silenciosa e estrondosa.

De certa forma, é um processo similar ao que ocorre no conto de ficção científica de Ted Chiang[218], no qual relata a relação entre um doutor em biologia, que sobrevive a uma tentativa de suicídio duas décadas antes do tempo da narrativa, e uma prodígio matemática, que durante a escrita da tese de doutorado, provou, através dos próprios conceitos fundamentais da matemática, que a aritmética (progressão numérica 1,2,3...), base fundamental da alta matemática contemporânea, é inconsistente, pois 1 é igual à 2, assim como qualquer número é igual a outro. Para quem domina a linguagem, a matemática funciona como uma forma de enxergar a realidade. É um instrumento utilizado para explicar o que percebemos. A simbologia desta linguagem determina padrões, baseados em estruturas lógicas cristalizadas como absolutas. Quando a personagem arruína seu sistema de crenças fundamentais, que lhe trazia prestígio social por ser prodígio, uma depressão profunda lhe acomete. Dedicou as três primeiras décadas da vida à padrões que, de repente, descobre-se que não fazem sentido, pois é um mero artifício para explicar os fenômenos: "é um truque mnemônico, como contar os nós dos dedos para saber quais meses têm trinta e um dias."[219]

> A matemática não tem absolutamente nada a ver com a realidade. Muito menos conceitos como imaginários ou infinitesimais. A droga da soma de

---

218 CHIANG, Ted. **História da sua vida e outros contos**. Rio de Janeiro: Editora Intrinseca, 2016.

219 *Ibid.*, p. 100.

números inteiros não tem nada a ver com contar nos dedos. Um e um sempre vai dar dois em seus dedos, mas, no papel, posso lhe dar uma quantidade infinita de respostas, e todas elas são igualmente válidas, o que significa que são todas igualmente inválidas. Posso escrever o teorema mais elegante que você já viu, e ele não vai representar nada além do que uma equação sem sentido. — Ela soltou uma risada amarga. — Os positivistas costumavam dizer que toda matemática é uma tautologia. Eles estavam totalmente errados: é uma contradição.[220]

A personagem sofre por ser pioneira; julga-se, questiona-se incessantemente: a lógica que estruturava sua percepção da realidade, como verdade a priori, desmoronou após sua própria pesquisa individual. Deseja a ignorância, simplesmente porque provou que 1 = 2, 3, 4, 5 ou qualquer número é igual a qualquer outro: "- É uma sensação que não consigo transmitir para você. Era algo em que eu acreditava de forma profunda, implícita, mas que não é verdade, e fui eu quem demonstrou isso."[221]

Senti um colapso semelhante ao escavar o sentido das palavras e ver tudo, em paródias, igualar-se. A destruição da estrutura lógica tem diversas vias simbólicas e neuroquímicas. Creio que a primeira desconstrução conceitual de grande impacto em minha subjetividade, foi a binaridade de gênero. Quando compreendi a artificialidade de ser homem ou ser mulher, passei a trabalhar para desconstruir outros conceitos fundamentais: capitalismo, Estado, democracia, comunicação, cinema, matéria, corpo, mídia, tecnologia, natural, artificial, consciência, o Eu e a realidade. Em tais homéricas implosões semânticas, encontramos, em meio às ruínas e poeira suspensa, que flutua em lenta decantação, fragmentos das ideias, que outrora, estavam embutidos por trás da aparência superficial cristalizada.

A nuvem de poeira embaça a vista, entorpece os pulmões inebriados pela respiração das partículas, que antes formavam concretas barreiras cristalizadas. O muro denso virou pó. É desafiador sobreviver a travessia da nuvem de destroços semânticos. Ao atravessar, meu corpo absorve uma nova camada de poeira. Quando a poeira assenta, percebo um obstáculo em sequência. Na cotidianidade de derrubar muros e atravessar suas zonas de desconstrução, camadas de pó se sobrepõem à cada destruição de um conceito. Inundado numa lama movediça, onde já não reconhece quem se é: reflete a si mesmo como

---

[220] Ibid., loc. cit.
[221] Ibid., p. 114.

uma máquina de memórias, incapaz de sentir o presente momento. Tudo o que sente através do aparelho cognitivo e sensorial é fruto de um processo, que transforma a experiência passada em realidade presente, pois o agora, que estamos vivenciando, é fruto de percepções que ocorreram instantes atrás. Trata-se da mesma questão física que nos impele a ver no céu informações luminosas que ocorreram há anos luz, mas que chegaram agora. O mesmo em relação aos 8 minutos entre a emissão da luz solar e sua chegada à Terra, aos quais se soma o tempo de captação e processamento de dados para a construção da noção do que foi experenciado.

Seja por meio das frestas do muro das ilusões reais, causadas pelo desgaste da estrutura ou acidentais assimetrias em sua sólida composição; seja por implosões conceituais, capazes de dissolver rígidas muralhas cristalizadas num pó fractal espelhado suspenso no ar; caso o prisioneir'observador sobreviva à poeira semântica cortante ou às longas travessias pelas frestas, por vezes, com ou sem saída, pode levar anos ou instantes para atravessar tais barreiras. Há caminhos que se entrecruzam dentro dos gigantescos blocos que compõem o muro. Por insistência ou acaso, se o caminhante buscador encontra uma saída para pisar em campos após o muro, o mundo se expande em potência. Porém, um muro adiante se revela. Por outra perspectiva, sigo aprisionado, mas com o conhecimento de brechas nos muros das ilusões reais, que permitem a passagem para diferentes mundos, até então, desconhecidos ou apenas conhecidos em leituras.

Desconstruir a ideia de realidade através dos dados científicos, é enlouquecedor, pois a referência existencial da física material, revela-se ilusão, truque de magia, que persuade a atenção da percepção. A sabedoria milenar espiritual, há mais de 2.500 anos, na Índia, encontrou resultados similares sobre os fenômenos revelados cientificamente pelos estudos quânticos do século XX e XXI, mas utilizam métodos, linguagens e metáforas distintas para explicar o comportamento subatômico da matéria. Tais estudos, com distância temporal milenar e continental, assemelham-se como reflexos de uma mesma fonte de luz, espelhada em distintas superfícies materiais e simbólicas. Buda utilizou corpos e a experiência para compartilhar a sabedoria apreendida em sua busca sincera para conhecer a essência do ser. A jornada de Buda é um importante marco cronológico na dhistória dos corposmídia que utilizaram seus próprios corpos como laboratório de pesquisa para o autoconhecimento. Quem sou eu? O que sou eu? Qual o propósito da existência? Mera obra do acaso? Tamanha beleza e complexidade surgiu por acaso...? Por que a vida? A que serve? Por que apresenta tanta complexidade? Tais perguntas mudam de resposta eventualmente. Algumas ficam sem respostas.

A meditação é um meio para silenciar e escutar outras fontes da consciência do corpo, progressivamente, da superfície às entranhas, em camadas. Corpos são depósitos de memórias holográficas. Para encontrar resíduos, é preciso escavar as camadas de hologramas sobrepostas pela cronologia, sedimentadas desde o nascimento do corpo à morte física. Quando nos intoxicamos de informações, enterramos o passado através dos novos acúmulos de memórias, mas os traumas ou gozos triunfantes, mantêm-se em exposta repetição, tonificadas ou enfraquecidas ao longo da vida. Trata-se dos medos, sofrimentos, fracassos, glórias, conquistas, posses, ciúmes, alegrias: memórias de eventos passados, que se tornam matrizes cristalizadas do pensamento cognitivo e sensitivo e das consequentes ações subsequentes do corpomídia materializado, hospedeiro da consciência virtual holográfica.

Nota-se como as mídias servem à função de descrever, por meio de metáforas, o funcionamento dos fenômenos que percebemos como realidade objetiva, que é virtual, pois expressa um jogo de potência e probabilidade do devir colapsado pelo observador senciente.

A partir de um conjunto virtual de probabilidades, a transformação holográfica, realizada pelo observador, modifica o comportamento da matéria, de onda para partícula, no processo de composição fenomenológica da vida: materializa-se a realidade a ser percebida pelo corpo, que captura, interpreta e projeta as experiências através do seu aparato técnico biológico e sua programação simbólica e sensorial.

A consciência que habita o corpo animal é uma consequência da rede de consciências moleculares, formada por consciências atômicas, onde orbitam as consciências subatômicas. São redes de consciências, que compõem redes de consciências corporais maiores, que formam corpos densos, que nomeamos animais, vegetais e minerais. Neste processo de adensamento do corpo, ocorre, paralelamente, a amplificação da quantidade de conexões entre as partes da consciência. O que chamo aqui de consciência, para a ciência, é dita como inerência para evitar o termo inteligência: há uma grande aversão no campo científico à ideia de que existe um criador universal, pois esta noção se assemelha aos ditos religiosos, que em suas literaturas doutrinárias apresentam deuses personificados. A cautela dhistórica é prudente, mas é preciso reconhecer a inerência como sistemas complexos inteligentes auto-organizados, repletos de memórias retrospectivas e prospectivas, dentro do jogo de transformações holográficas entre o domínio espectral da potência para o aspecto do espaço-tempo material, portanto, a inerência revela operações semelhantes aos processos neurológicos humanos. Contudo, sublinha-se a particularidade das formas de impressão e expressão técnica, cognitiva e estética da espécie terráquea a qual pertencemos.

Nesta perspectiva, se voltarmos a escala de campos de consciência, o mesmo exercício pode ser feito para ampliação da perspectiva dos corpos: tais corpos animais, compostos de inumeráveis consciências, que forma a consciência egóica, que as unifica, está conectado à uma rede de consciências semelhantes, que formam um corpo maior, composto de um coletivo de subjetividades. Assim, chegamos ao inconsciente coletivo, proposto por Jung. Qualquer alteração na rede é sentida nas unidades dos corpos. Tal expressão pode ser suprimida ou encontrar consonância com outras consciências para expressar a potência do gatilho quântico, capaz de modificar a expressão de toda a rede instantaneamente. A expressão segue para a escala de planetas, galáxias, multiversos.

Nem Freud, nem Einstein, nem Darwin, nem Newton, nenhum cientista quântico, filósofo contemporâneo, artista, ou líder religioso, Buda, Jesus, nem eu, nem você, ou qualquer outro ser humano, é capaz de explicar, por vias fenomenológicas, o que compõe a essência do que chamamos de realidade, pois o próprio conceito de realidade é uma metáfora verbal, parte de um sistema de tradução paródica do corpomídia, junto aos instrumentos biológicos da estética sensorial e das convenções simbólicas discursivas. Trata-se de blocos de sensação e cognição utilizados para descrever a experiência de viver, seja através da linguagem matemática, verbal, imagética, sonora ou outra forma de expressão e impressão.

Deposito fé científica na existência de inteligências imateriais, que experimentam artisticamente a composição da matéria. Engraçado, cada vez mais distancio a ideia de que as faculdades da inteligência estão associadas à elementos materiais, sobretudo, porque a consciência holográfica captura e projeta a percepção quadridimensional da realidade por meio de operações no campo espectral, fora do domínio do espaço-tempo.

Capacidade simbólica e sensorial é o fio que conecta nossas consciências a esta realidade coletiva. Entretanto, trata-se da superfície da inteligência da consciência. Tais faculdades orgânicas são necessárias para a relação social, mas oculta as demais camadas da consciência, distraída com a tagarelice dos pensamentos e sensações. A programação biológica e cultural do pensamento afeta, condiciona e cria a realidade material percebida. Portanto, para realizar uma reprogramação descolonizatória na esfera micropolítica, é preciso silenciar o corpo disperso num mar de estímulos sensoriais. Mídias, meios de comunicação, linguagem e línguas, expressam paródias de ideias. Ao fim, mídias são metáforas e não matrizes de conhecimento, que são os corpomídias em fluxo de informação: o conteúdo da mídia possui o potencial de ser lido, mas é inexpressivo por si mesmo; sem o leitor, é reserva em potencial indecifrável, ininteligível. Tomados por pensamentos que não silenciam, escapamos do aqui e do agora. O eterno presente, a categoria cronológica atemporal, permanece suspensa nos corpos servis dos escravizados que reproduzem atividades cotidianas, sedados por pensamentos saudosos e ansiosos.

...

Na odisseia dhistórica dos investigadores da menor parte da matéria, o encontro com os átomos deu a entender que os cientistas haviam desvendado o componente mínimo comum indivisível (a – tomo = sem parte): a essência que compõe tudo o que existe. A compreensão do universo atômico evidenciou mundos visualmente inacessíveis aos sentidos humanos. Neste ponto da jornada científica, exibiram representações esféricas para ilustrar a microscopia atômica da matéria. Adiante, a ciência comprova a composição polarizada dos átomos: prótons (+), nêutrons (0) e elétrons (-). Um mundo subatômico se revela, constituído fundamentalmente por pacotes de energia com diferentes cargas elétricas, que navegam num espaço 99,9% vazio. O núcleo, onde habitam os prótons e nêutrons, concentra 99,9% da massa do átomo: os prótons e nêutrons possuem massa equivalente e são cerca de 1.836 vezes mais pesados do que os elétrons, que orbitam ao redor do núcleo. Mantemos a forma das esferas para representar visualmente os elétrons, prótons e nêutrons, mas é sabido que tais partes dos átomos são faíscas elétricas amórficas. A aproximação microscópica da matéria revela partes constituintes numa escala dimensional distante da visão ocular humana, mas é a matemática que expõe as escalas métricas que a ótica não acessa. Em tais dimensões da existência, a física quântica demonstra padrões e dilemas científicos sobre o comportamento subatômico da matéria, que evidenciam conclusões distintas das leis apresentadas por Newton: mistérios, estranhezas, incertezas e impermanência povoam os universos subatômicos da matéria.

Em busca das menores partes da matéria, os humanos construíram aceleradores de partículas, que colidem elementos subatômicos em alta velocidade, para os espatifar. Esta odisseia científica revelou diversos elementos desconhecidos antes de atravessarmos a escala dos átomos, prótons, nêutrons e elétrons, como os quarks, léptons, neutrinos, bóson de higgs, entre outras espécies de partículas quânticas.

Enquanto o discurso científico sobre a materialidade visível considera que esta seja toda a realidade a ser estudada, uma informação da astrofísica revela que o ponto cego de tal abordagem é 95% do que existe no universo. 95% do universo é composto de matéria e energia escura. A presença da matéria luminosa é estimada em 5%, que é a parte que os humanos conseguem mapear através da emissão eletromagnética luminosa. Estima-se que a presença da energia e matéria escura está dividida em: 70% de energia escura e 25% de matéria escura.

Existe uma fronteira ilusória entre matéria e energia. Pelo menos, em relação à matéria luminosa, que é os 5%, que os humanos estudaram, através da ciência. A partir da observação dos átomos, já se percebe que a composição dos objetos materiais é energia polarizada em órbita. Os estudos subatômicos observaram o comportamento da matéria numa escala ainda mais aproximada e mapearam diversas partes eletromagnéticas. Ou seja, a matéria-prima dos corpos materiais é energia, assim como qualquer objeto dito inanimado. Então, essa fronteira conceitual (matéria - energia) não faz sentido na física luminosa.

Afirmações cientificas contêm implicações filosóficas. Filosoficamente, o encontro da astrofísica com a matéria e a energia escura significa que, o que consideramos como conhecimento da realidade material, ignora a presença de quase tudo. Como a energia e a matéria escura não emitem, nem interagem com a energia eletromagnética, os cientistas perceberam sua existência através da gravidade, no lugar da óptica: galáxias são 400 vezes mais pesadas do que sua parte de matéria luminosa, a parte acessível e calculável para humanos. A matéria escura é mistério para a ciência, mas sua presença foi detectada junto com pistas sobre sua influência no universo eletromagnético. Nesse caso, a luz revela ignorância, pois cega a percepção, e a escuridão se transforma na fonte de saber sobre a existência.

Apesar de não acessarmos diretamente a matéria e energia escura, é possível calcular a presença, devido a diferença entre a massa total e a massa dos corpos luminosos. Portanto, é calculável, mas não é fácil encontrar uma medição precisa de determinados pontos do espaço. Neste contexto, Fabio Locco[222] afirma que a nossa galáxia, numa grande parte visível, possui um equilíbrio na quantidade dos dois tipos de matéria. Este fenômeno dificultou o cálculo, mas conseguiram alcançar um resultado satisfatório.

Outro grande desafio para os astrônomos mapearem os corpos celestes visíveis neste local do universo, é que as pequenas luzes emitidas por planetas são dissolvidas na grande luz da estrela ao redor da qual orbitam. A mesma lógica se aplica ao muro das ilusões reais: os blocos midiáticos industrializados emitem brilhos ofuscantes e berram em meio à apatia e sussurros dos demais tijolos, uniformizados dentro de um repertório de sintagmas de tons, medidas e formas, como numa loja de carros ou roupas, que apresenta suaves diferenças entre modelos pré-determinados. Os blocos desviados e assimétricos são isolados em becos e guetos, presídios e hospícios, quando não encaixam no padrão hegemônico central. Os marginais isolados mantêm a ordem de referências do centro da arquitetura panóptica impenetrável. Enquanto permanece vivo, não há como descartar o tijolo desviado do lado de fora do muro, mas há como o tornar invisível e silenciado. Por vezes, o centro hegemônico assimila a subversão, pois a coerção é apenas uma das ferramentas de controle e poder. Tal assimilação conforma a matriz aos parâmetros estruturais hegemônicos; para brilhar no centro industrial dos blocos de sensações (mídias), há de servir às ordens instituídas. Sem encaixe adequado, não há como ocupar os espaços centrais. As rupturas e buracos do muro estão nas margens. Então, para avistar o outro lado do muro, quiçá o atravessar, quanto mais diverso, assimétrico e composto de espaços vazios entre os blocos de informação, melhor a perspectiva. No centro, os tijolos de mídias estão encaixados com a mesma precisão bizarra das misteriosas construções monumentais da fortaleza Inca *Sacsayhumán*.

---

[222] LOCCO, Fabio *apud* OLIVEIRA, André Jorge. Pesquisadores comprovam existência de matéria escura na região central da Via Láctea. In: **Revista Galileu**, 2015. Website. Disponível em: https://revistagalileu.globo.com/Ciencia/Espaco/noticia/2015/02/pesquisadores-comprovam-existencia-de-materia-escura-na-regiao-central-da-lactea.html. Acesso em: 10 set. 2020.

No muro das ilusões reais, os blocos de mídias industrializados ocultam o brilho brando dos tijolos encaixados ao redor dos polos emissores; resta, a quem vê, a luz ofuscante de mídias gritando discursos de dominação dos corposmídias. A luz cega, torna-nos insetos em volta da lâmpada. Diante da poluição visual e sonora que as mídias comerciais causam com a produção em larga escala de lixo enlatado, os corpos-leitores naturalizam os ruídos deste estado perceptivo: consome o que lhe apetece e descarta o dispensável, que, contudo, é absorvido por outros níveis da consciência. Observamos ao redor do muro que os desejos e hábitos emitidos por blocos de mídias são incorporados em alta escala pelos prisioneiros. A depender da sedução que a expressão vibratória da mídia causa na atenção do corpo-leitor-prisioneiro, mais elevada ou reduzida, é a incorporação dos desejos e hábitos referenciados nos blocos de sensações. Como exemplo, a referência pornográfica arquitetou nos corpos uma estrutura de desejos e performances sexuais que naturalizou determinados modos de expressão dos corpos. Ou seja, signos culturalmente apreendidos são lidos como expressões inerentes à biologia. Em geral, ocorre nos prisioneiros a repetição paródica dos gestos, verbos e outras referências projetadas pelas luzes e sons do muro das ilusões reais. Qual o contrário desta afirmação? É possível tal ocorrência fatídica? Se proporcional for, a ausência de mídias na vida do prisioneiro o leva a desfrutar de outras vibrações, luzes, projeções, realidades, como referência simbólica? São padrões reproduzíveis tecnicamente como o das mídias industrializadas? Se o corpo é uma mídia, trata-se do isolamento do prisioneiro? Como perceber fora da aparente onipresença e onisciência do muro das ilusões reais?

Ao apagarmos as luzes ofuscantes dos cânones, desvelam-se "vagalumes em multidões de devires, compondo novos territórios, traçando permanentes linhas de fuga", num devir-*darkroom*, onde "brilham as luzes das literaturas menores, dos corpos dissidentes e dos desejos desmensurados."[223] *Darkroom* pode ser traduzido para o português como *quarto-escuro*: ambientes não iluminados e de uso coletivo, que permitem a liberação dos fluxos de prazer, sejam bares, boates, labirintos, parques, praias, becos ou florestas.

Sem a visão ocular, os corpos são convidados a experimentar sensações e expressões que os ambientes de vigília visual não permitem. O

---

[223] MAIA, Helder Thiago. **Devir darkroom e a literatura Hispano-Americana**. Editora Multifoco, 1º ed., Rio de Janeiro: 2014, p. 24/25.

resultado evoca a experiência sinestésica de um corpo-sem-órgãos que se aventura a ouvir o escuro, ver os sussurros, saborear com a pele e tatear os cheiros. Dentro do *darkroom*, no território profano das literaturas, avista-se, entre vagalumes desterritorializados, fontes de luzes que transitam entre a forma do animal bioluminescente e a da luminária. A metáfora das luminárias enuncia dissidências assimiladas pela ideologia ou semiosfera hegemônica. Para a(s)cender o raio luminoso, há de se conectar à rede elétrica central. Ser um dissidente assimilado, portanto, requer da escritura[224] adequações tecnológicas com as matrizes do sistema simbólico hegemônico, diferente dos vagalumes que produzem e emitem suas particulares luzes dissidentes. As analogias entre o acervo literário disponível e a emissão luminosa de objetos ou corpos animais sugere uma perspectiva conceitual e metodológica que traduz os esforços de um grande número de pesquisadores que buscam mapear os pequenos vagalumes dissidentes suprimidos pelas grandes luzes do saber. Neste sentido, o termo "vagalume" representa a presença de uma infinidade de escritores profanatórios, enquanto o conceito de literatura, na pesquisa de Maia[225], é observado em sentido expandido, através do pensamento de Garramuño, que compreende os diversos gêneros textuais como literatura. Portanto, contempla não apenas escritos verbais, como também outras formas de expressão - vídeo, fotografia, cantos de passeatas, quadrinhos, teatro, etc.

O efeito das pequenas luzes, em contraposição às grandes luzes, exalta a potência política e estética da rede rizomática de vagalumes, que desvelam dhistórias ocultadas pela ofuscância solar do saber hegemônico. Por vezes, a literatura que tomo como referência são blocos de sensações (mídias) canônicos, que ocultam os pequenos vagalumes que vagam ao redor das grandes luzes ofuscantes que preenchem o muro das ilusões reais. Tais códigos linguísticos acessados apuram ou ludibriam a percepção sobre a arquitetura de controle e poder do presente, mas permanece o bloqueio sensorial e cognitivo enquanto decifro em símbolos as experiências. Quiçá, as luzes dos vagalumes indiquem caminhos para ir além dos signos. Vejo vagalumes atravessando por cima do muro suavemente com veloz bater de asas, enquanto piscam pontos de luzes anais. Há que apertar os olhos para enxergar os vagalumes em

---

[224] BARTHES, Roland. 1953 *apud* MAIA, Helder Thiago. **Devir darkroom e a literatura Hispano-Americana**. Editora Multifoco, 1º ed., Rio de Janeiro: 2014.

[225] MAIA, Helder Thiago. **Devir darkroom e a literatura Hispano-Americana**. Editora Multifoco, 1º ed., Rio de Janeiro: 2014.

meio à luz solar dos blocos de mídias industrializados. Segui-los é um ato incessante, pois, se capturados, a luz anal se apaga de modo perpétuo, após curto período de aprisionamento. Este é o dilema científico: analisa a vida através de mídias ou por meio de cadáveres esquartejados para o estudo das partes. Para ler as luzes anais, é preciso seguir o trajeto dos vagalumes, mas, por vezes, a gravidade limita o passo seguinte. É inebriante perceber luzes que a claridade cega como uma constelação de vagalumes que evidenciam brilhantes saberes em dispersos pontos de emissão, interconectados por uma rede de informações dinâmicas, capazes de acessar o outro lado do muro das ilusões reais.

Ao apagar dos sóis, é possível seguir os vagalumes, que cintilam na escuridão dos turvos caminhos do saber. Em dança, os vagalumes literários trilham trajetos percorridos há milênios por prisioneiros da razão na Terra. Apesar de pequenas, as luzes anais irradiam metáforas que explicam a existência através de paródias sofisticadas. Enquanto a ciência tarda em compreender os eventos que ocorrem na realidade física e metafísica, através de métodos de análise empiricamente reprodutíveis de modo universal e padronizado com rigor, a vida é lida por muitos ensinamentos provenientes de matrizes à margem da industrialização científica das mídias, que utilizam meios de registro como a oralidade e a pictografia, além da literatura verbal convencional. Existem muitas espécies de vagalumes literários: hibridizam-se promiscuamente. No mar fractal e espelhado de vagalumes estrelados, o sonho de realidades mágicas avessas à objetividade científica emerge na aparência da superfície das ilusões reais quando escritos e relatos sobre experiências subjetivas contradizem leis, premissas e princípios da realidade científica vendida no mercado midiático. Entre os destroços semânticos, em meio a nuvem de poeira dos significados, é possível avistar vagalumes que acendem as possibilidades de um mundo de mídias inspirado nas tecnologias quânticas da natureza.

Sigo a contemplar a constelação de textos que enunciam possibilidades éticas e estéticas que subvertem os violentos processos de homogeneização dos devires. É árdua a ideia de abandonar a zona de conforto das ilusões projetadas e interpretadas por meu corpo-prisioneiro-leitor como realidade objetiva e material, mas caminho em retirada junto com outros prisioneiros animados com os brilhantes planos de fuga projetados por vagalumes desterritorializados. Se bem observo, percebo que o centro é o observador. Já não sei se podemos considerar uma margem na arquitetura do muro das ilusões reais. Parece-me uma teia rizomática de aranha, com infinitos pontos de encontro. Ao mesmo tempo, é uma linha reta ou um labirinto em espiral, ou também o centro de vigilância da arquitetura panóptica de Foucault, além de outras formas geométricas como os hexágonos da Biblioteca de Babel de Borges[226]. Todas essas estruturas, simultaneamente, em todos os pontos do muro. Parece insensato imaginar com imagens a estrutura do presídio. Talvez seja inimaginável. Isto demonstra que há limites para a imaginação ou seria a imaginação o meio para expandir a consciência e a realidade experienciada? Há de escapar dos pensamentos para perceber o que existe em nossas realidades? Diversas tecnologias foram desenvolvidas nesta direção. Como ainda não cheguei lá, nada posso relatar. Quem sabe mais adiante. A questão que resulta é: quem observa o observador?

O caminho é longo e o horizonte muda a todo instante. Muitos fraquejam e decidem voltar, outros param em determinados pontos do caminho e ali permanecem, alguns correm apressados; outros caminham serenamente, observando o interior e o entorno do corpo até o momento em que a separação de espaços e tempos deixe de existir na realidade percebida. Assim, vejo as diferentes motivações que acometem os prisioneiros-caminhantes que peregrinam na busca da fronteira miraculosa de transição entre o muro das ilusões reais e a realidade existente por trás dele.

A alegoria pode ser como nos ensinamentos sobre *Maya*: o mágico poder da ilusão cósmica subjacente aos mundos dos fenômenos. "As Escrituras védicas declaram que o mundo físico opera sob a lei fundamental de *Maya*, ou princípio da relatividade e da dualidade."[227] Nesta perspectiva, Deus é compreendido como a Unidade Absoluta, portanto, a Única Vida, que Se revela nas manifestações diversas e separadas da criação. Tal Consciência Cósmica Absoluta "usa um véu falso ou irreal. Este véu dualístico e ilusório é *maya*."[228]

> Ilusão cósmica; literalmente, "o medidor". *Maya*, poder mágico na criação, faz com que aparentemente se apresentem limitações e divisões no Imensurável e Indivisível.
> Emerson escreveu o seguinte poema sobre *Maya* (que ele grafava *Maia*):
> "A ilusão trabalha, impenetrável,
> tecendo trama de expressão inumerável;

---

[226] BORGES, José Luis. A biblioteca de babel -1941. In: **Ficções**. São Paulo: Companhia das letras, 2007.

[227] YOGANANDA, Paramahansa. **Autobiografia de um Iogue** - 1946. Los Angeles, California, EUA: Self-realization fellowship, 2013, p. 278

[228] Ibid., *loc. cit.*

suas vistosas imagens, incessantes,
véu sobre véu acumulam, constantes;
feiticeira, sempre acreditada
pela pessoa sedenta de ser enganada."[229]

Nesta perspectiva, Yogananda compreende que o "ego" (em sânscrito *ahamkara*, que significa literalmente, "eu faço"), "é a raiz do dualismo ou da aparente separação entre o homem e seu Criador. *Ahamkara* coloca os seres humanos sob o domínio de *maya* (ilusão cósmica); o que é subjetivo (ego) apresenta-se falsamente como objeto; as criaturas supõem que são as criadoras."[230]

Em navegação no mar de ilusões reais, por vezes plácido, por vezes agitado, fluo numa embarcação que me permite avistar os reflexos de luz na superfície d'água, que ocultam o que há na escuridão das profundezas. Um infinito espelho no qual se formam imagens imaginadas de projeções ilusórias sobre a camada superficial do que existe na realidade. Lidar com essa aparência de formas amorfas, através da luz refletida no espelho, leva-me a buscar, no meu arquivo de memórias, significados para os reflexos cognitivos e sensitivos apresentados durante as minhas experiências subjetivas de navegação nesse mar de ilusões reais. A partir das memórias e de tais reflexos aparentes, traduzo as vibrações que se apresentam na forma de luz, sons, toques, sabores, cheiros, mas que são interpretações dos sinais de ondas eletromagnéticas que informam o corpo-leitor através de sensações fisiológicas e do sistema cognitivo de crenças: "como evidenciou Levi-Strauss para as sociedades e Lacan para o inconsciente, o *significado* não é nada além de um efeito superficial, um espelhamento, uma espuma."[231] Percebo que não sou um corpo embarcado sobre o mar de *Maya*, sou a nau. Temo ser um corpo-nau, como o dos prisioneiros sexualmente desviantes, durante a ditadura militar do Chile da década de 1920, que, sob o comando do General Ibañez, foram lançados em alto mar, onde aprenderam a nadar, mas ninguém chegou à margem.[232]

---

[229] *Ibid*. p. 46.

[230] *Ibid*. p. 43/ 44.

[231] FOUCAULT, 1964-1969 *apud* ZIELINSKI, Siegfried. [... **After the Media**] **News from the Slow-fading Twentieth Century**. Minneapolis: Univocal, 2013, p. 63.

[232] LEMEBEL, Pedro. **Manifiesto (Hablo por mi diferencia)**. 1986. Disponível em: http://lemebel.blogspot.com.br/2005/11/manifiesto-hablo-por-mi-diferencia.html. Acesso em: 30 set. 2017.

Por quanto tempo minha consciência é capaz de fluir nessas águas de ilusões reais, sem que as profundezas do oceano naufraguem o meu corpo-nau na escuridão reluzente do inconsciente? Seguir o fluxo para reduzir a energia desprendida para a realização do ato. Lema para a navegação no mar de *Maya* e para as demais esferas da vida. Segue o fluxo. Pro dia nascer feliz, sugere Cazuza[233], nadar contra a corrente só para exercitar. Natação rolante: nada e não sai do lugar. Alguns fadigam e são levados para trás, outros vencem a força da correnteza; em ambos os casos, o nadador desfruta dos resultados maravilhosos ou desastrosos. Pode ser vital nadar contra a corrente. Parece ser minha única saída quando sou sugado pela corrente hegemônica. Peregrinar em direção às margens conduz o prisioneiro a resistir/ re-existir contra o fluxo hegemônico. Cansado, por vezes, pulsa a vontade de aceitar e se entregar ao jogo de sensações e percepções de uma realidade ilusória construída com base na violência e no medo. A aparente zona de conforto que o encaixe do cistema hegemônico oferece seduz os esforços físicos que vislumbram os picos privilegiados dos esgotos urbanos através do crédito financiado com juros em troca da venda do tempo de vida do endividado.

É preciso navegar para não afogar no mar de *Maya*, repleto de armadilhas sensuais para satisfazer o corpo desejante do marinheiro. Dado o desafio de permanecer a flutuar sobre a superfície da existência material, seja no caso do controlador barqueiro ou dos navegantes desatentos, o futuro é incerto e o fim pode vir a presentear. Entretanto, é aconselhável utilizar boas ferramentas, sejam quais forem. De fato, usa-se o acessível. Antes das próteses técnicas, o corpo é a tecnologia que temos disponível; enquanto houver vida, o corpo é a nau do ego-piloto. Aproveito as ferramentas para navegar na superfície do mar de *Maya*: por meio desta embarcação, adquire-se o poder de sentir e interagir com o mundo exterior material e simbólico.

No mar de *Maya*, os polos industrializados são espaços com alta densidade demográfica e com intenso impacto das atividades humanas no meio natural. Após milênios de colonização, o projeto de civilização sedentária resultou em ilhas de gigantescas arquiteturas fortificadas com multidões de humanos executando atividades, em maioria, desnecessárias, em prol de um projeto de governo centralizado capitalista-estatal. Nestes espaços de concentração humana, o ciclo de consumo d'água é um fato a ser destacado, já que devo decidir entre seguir contra a cor-

---

[233] CAZUZA; FREJAT, Roberto. Pro dia nascer feliz. In: **álbum Barão Vermelho 2**. Rio de Janeiro: Som livre, 1983. Música (4 min e 27 seg).

renteza hegemônica ou me deixar levar às algemas e outras armadilhas que capturam os humanos e os aprisionam em grandes baías de águas serenas com belas paisagens naturais, onde milhões de prisioneiros habitam celas domiciliares, por sorte ou acaso, de luxo ou lixo. Do luxo ao lixo, observa-se uma inversão de sentido. O que é limpo e o que é sujo? Tais sedutoras ilhas urbanas são esgotos milenares a céu aberto dos resíduos anais dos humanos aglomerados nas celas-apartamento dos presídios-baía. A falta de cuidado com o ciclo de consumo da água gerou resultados grotescos para alguns, lucrativos para outros. Os presídios-baía do oceano de *Maya* são de fato grandes latrinas, com dejetos mais perigosos que as fezes humanas isoladas. Contudo, a aparência de felicidade, conforto e higiene é verossímil, bem como a de praticidade e fácil acesso em troca da produtividade. Se boiar na correnteza hegemônica, volto aos porões das fortalezas dos esgotos voluntariamente. Se nado contra a corrente, permaneço aqui, onde estou agora, naufrago ou sigo em frente. Vê como se trata de resistência/ re-existência? Quais os limites do ser humano? Quais são os meus limites? Sigo. Se preciso permanecer, ancoro para esperar o maremoto passar. Quiçá, fincar raízes profundas em alto mar funcione, como no barco da ilha perdida de Saramago. Seguir é possível. Às vezes, há de esperar, mas sempre para avançar. Assim, aprendi a agradecer a experiência da tormenta que virou o barco na escuridão da noite sem luar. Quando a luz da alvorada alumia a bonança do raiar do novo dia, voltar atrás se torna mais distante. O horizonte que muda a todo instante ressoa a dissonante sinfonia cósmica. O que vejo como sol, o astro ao qual meus olhos da face não suportam encarar, paradoxalmente, ao nascer e ao se pôr, oferece grandes doses de energia por meio dos olhos abertos ou fechados mirando diretamente os raios luminosos. A luz do sol que atinge os meus olhos foi emitida pela fonte oito minutos antes de chegar no planeta Terra, onde estou agora. As ondas eletromagnéticas viajam 150 milhões de quilômetros na velocidade da luz no quase vácuo interplanetário (aproximadamente 300.000 km/s), refratam na atmosfera do planeta, até chocarem com o cristalino que cobre a minha íris, que realiza uma projeção de luz invertida na parede da retina côncava e avermelhada de sangue. Através de receptores cromo-fotossensíveis, nomeados pelos cientistas de cones e bastonetes, um reduzido espectro de ondas eletromagnéticas é decifrado por humanos como variação de cores, modificadas de acordo com o comprimento e velocidade de propagação da onda no espaço. Por este motivo, na escuridão, a cor não se forma. A retina envia sinais neuroquímicos através de um ponto cego na imagem: o nervo óptico transfere os dados desde os globos oculares aos hemisférios opostos do sistema visual do cérebro, onde a imagem é formada, ensignada, significada, após diversos processos de trans-formação da in-formação, que, ao fim, alcançam a sensação ilusória de enxergar uma realidade quadridimensional, sequenciada num movimento cronológico ininterrupto. A imaginação é a tecnologia do corpomídia que edita os dados luminosos captados pelos olhos faciais. Cores, planos, profundidade de campo, movimento, formas e significados, são projeções da imaginação humana motivadas por ondas eletromagnéticas em trânsito, percebidas e interpretadas pelos sentidos fisiológicos, munidos da cognição racional. Vejo imagens imaginadas; são paródias grotescas do que olho, mas sinto catarse estética ao ver o sol se pôr agora. A imagem não é real e só eu a verei assim. Mesmo acompanhado por uma multidão, nenhuma experiência subjetiva irá visualizar como eu interpretei essa memória do sol, motivada por ondas eletromagnéticas em trânsito que colapsaram ao serem observadas por meus olhos e imaginação. De fato, é alucinante ter olhos.

Contemplativo, perdi-me. O céu escurece e brilha o mapa das estrelas que a luz do sol ofusca. Em fuga, é bom aprender a se georeferenciar em alto mar. Onde são os pontos cardinais? Quais constelações me guiam? Finalmente, entendo o Sul do Cruzeiro do Sul. É impressionante como a luz elétrica urbana nos afasta da mirada do céu. Em alto mar, a chuva de estrelas reflete pontos cintilantes no espelho de águas mansas. O navegante mergulha num mar estrelado. Quanta sabedoria e quanta informação acumulada me enviam as estrelas, mas quão pouco sei as decifrar. Lembro do surpreendente escaravelho, que rola esferas de esterco para desovar e é capaz de se localizar através da visualização da luz dos astros. O mapeamento cósmico é uma aprendizagem genética da sua espécie, quiçá seja, potencialmente, presente no humano.

Em diversos aspectos, o aparelho ocular humano é menos apurado que o de outros animais: muitos possuem capacidades sensoriais similares ou mais refinadas que os órgãos do sentido humano, como a profundidade de campo e ângulo de visão ampliados pelos olhos dos pássaros; os gatos capazes de ver no escuro; as cores que só as borboletas podem ver ou a visão dos camarões *mantis* (*Gonodactylus smithii*), que enxergam um maior espectro de ondas eletromagnéticas, como as ultravioletas e infravermelhas, além de uma quantidade maior de cores devido à variação de receptores cromo-fotossensíveis. Os cachorros possuem dois tipos, os humanos três, as borboletas e o camarão *mantis* doze[234]. Enquanto os humanos possuem um sofisticado sistema monofocal binocular, o *mantis* apresenta três pontos focais em cada olho. Camarão-boxeador é o apelido deste colorido animal marinho, que realiza um dos movimentos mais rápidos da natureza: socos fatais com patas, que aparentam vestir a luva de boxe.

Os golfinhos e morcegos possuem a visão sonar, capaz de detectar formas e materiais a longas distâncias através da emissão e reflexão de ondas com frequências sonoras inaudíveis para humanos. A audição e o olfato dos cachorros e ratos mostram a insensibilidade dos órgãos do sentido humano, que, contudo, considera-se o animal mais aprimorado devido à razão de ser. Incrível ser o olho da lula o mais parecido com o dos humanos entre todas as espécies de animais conhecidos. Como, em ambientes tão distintos (terra e água salgada), em filos distantes (mamíferos e moluscos), com aparências, textura, digestão, reprodução, tudo tão diferente, contudo, com uma tecnologia ocular com fisiologia extremamente similar; como a natureza foi capaz de aplicar o mesmo potencial mórficos em reinos animais com características tão dissemelhante, sem qualquer sinal de descendência modificada? Como Darwin e a teoria sobre a evolução das espécies responde este enigma?

A física quântica denominou de campo mórfico a memória anterior à matéria. Através de experimentos, erros, acertos, desvios e mutações, a vida aprimorou os corpos para melhor adaptar ao ambiente. Como uma artista-alquimista, a natureza testa combinações de probabilidades, a partir do repertório de experimentos bem-sucedidos no universo físico. Por isso, uma molécula decomposta tende a se organizar "automaticamente" de forma similar à sua combinação estrutural anterior.

A onírica hipótese de ser um humanoide hibridizado com outros animais revela o ímpeto de aumentar a força e a velocidade do meu corpo, mas, sobretudo, extrai o desejo de ver com outros olhos. Sentir a visão sonar dos golfinhos e morcegos, ou do camarão que enxerga um maior espectro de ondas eletromagnéticas, ou ampliar o ângulo e a profundidade de campo como as aves. Talvez ter oito olhos como as aranhas, ou mesmo a visão dos primeiros seres que experimentaram abrir uma fenda no corpo para sentir a luz. O importante é desnaturalizar a visão humana como referência do real, pois se trata de delírios

---

234 MARSHALL, Justin; ARIKAWA, Kentaro. Unconvencional colour vision. In: **Current Biology**, vol. 24, 2014. Disponível em: https://www.sciencedirect.com/science/article/pii/S0960982214013013. Acesso em: 14 set. 2017.

ilusórios imaginados. Daí, a subjetividade da percepção e a construção do ego individualizado. Quando mudamos a perspectiva de análise e buscamos a composição dos corpos além da capacidade ocular humana, percebemos um ecossistema de vermes, ácaros e bactérias sobre nossas peles, nos rostos, bocas, olhos, mas não podemos enxergar tais detalhes a olho nu. Apenas através de outras mídias visuais que ampliam os limites da fisiologia humana. Mais adiante, visualizamos células, compostas por moléculas que são formadas por ligações entre átomos. Os átomos são formados por um núcleo composto de carga positiva (prótons) e neutra (nêutrons), ao redor orbitam partículas de carga negativa (elétrons). Esta é a fábula científica que nos contam. Por um longo período, átomos e suas partes foram a menor unidade quantificável de matéria. Neste ponto, já se observa que os corpos humanos são compostos de espaços vazios com pacotes de cargas elétricas. Ou seja, energia e vazio são a matéria-prima dos corpos materiais. Nos espaços vazios, descobriram que a quantidade de vazio do tamanho de uma bola de gude possui mais energia que toda a energia que compõe o universo material. Tão densa e resistente é a matéria neste espaço tridimensional ilusório. Como posso ver forma, preenchimento, dureza em meio a faíscas de luz vagando no espaço vazio? Como posso me enxergar como corpo individualizado, como eu próprio, se estou conectado numa rede imanente de fluxos de informação; se, enquanto conjuntos de átomos, somos todos e tudo um só corpo? Matéria são pacotes de energia em agrupamento orbital, energia são ondas eletromagnéticas imateriais. A matéria é, portanto, uma ilusão real, pois sua matéria-prima são pacotes imateriais de energia quantificável; interações de luz no vácuo, que não é vazio, pois é repleto de energia. Tem sentido seguir com a separação epistemológica entre matéria e o imaterial? A vela apagou em meio ao pensamento. Melhor divagar a seguir perdido na solidão do mar de *Maya*.

Sim, somos os blocos do muro das ilusões reais e as gotas do oceano de *Maya*; somos o muro e a superfície espelhada d'água, bem como as profundezas, mas nos sentimos partes individualizadas pela subjetividade das percepções. Tomados por enxurradas de informações em torno de nós, abandonamos a percepção da trama interconectada. Assim, por exemplo, os prisioneiros se vitimizam pelo impacto que o entorno causa em sua percepção subjetiva. Sem se perceber parte do todo, a tecnologia do espelho se quebra: o que há ao redor é reflexo do ser senciente que percebe as informações eletromagnéticas e as interpreta a partir do repertório simbólico construído através das experiências subjetivas e coletivas, vivenciadas pelo avatar - arquétipo fisiológico. Tamanha potência de materializar o entorno por meio da subjetividade individual e coletiva, que os cientistas quânticos assumiram a interferência do observador no comportamento da matéria, após o experimento da dupla fenda. O fato de mediar (através da consciência humana) um acontecimento colapsa o comportamento de onda e transforma em partícula, mesmo que seja necessário voltar no tempo para aparentar que a matéria observada sempre se comportou como partícula. Isto significa que, ao observar um acontecimento, a quantidade de projeções é reduzida, ou seja, potenciais probabilidades de materialização seguem reservadas para construir a realidade material com maior probabilidade de existir para a perspectiva do observador; de fato, materializamos a probabilidade na qual temos verdadeira fé. O conjunto de crenças dos corposmídia é a tecnologia que materializa as realidades subjetivas/coletivas percebidas. Para materializar, há de crer no acontecimento. Trata-se de milagres e física quântica.

Caso não houvesse o jogo da refutabilidade científica, em contraposição à doutrinação religiosa, as ciências e as religiões seriam praticamente sinônimas, uma vez que se baseiam na fé de padrões universais e estáveis, reduzidos a um espectro de luzes do saber, que ofuscam violentamente as demais emissões do conhecimento sobre a vida. A crença na ciência clássica constrói a realidade objetiva que vivo. Na escola, não me contaram as descobertas e experimentos quânticos, mesmo que utilizem métodos científicos e tenham sido realizados há mais de um século. Tampouco, os ensinamentos milenares sobre a natureza cósmica. Apenas a visão colonizatória da cultura judaico-cristã, munida do Estado bélico e do capital financeiro industrial, foi ensignada pelos facilitadores da minha aprendizagem na infância. O mundo da matéria nos suga como única realidade possível a ser trabalhada diante do conjunto de crenças convencionado pela neocolonização do início do século XXI, que nada apresenta de novo.

Eis que a ciência escapa das leis de Newton sobre o mundo físico e nos impulsiona de volta para os caminhos da sabedoria mágica milenar. A alquimia da matéria é possível de ser realizada de forma controlada pelo observador, como nos relatos de Blavatsky[235]? Quantos meios existem para provar um mesmo dado? Quando se trata de fatos expe-

---

235 BLAVATSKY, Helena. **A doutrina secreta**: síntese da Ciência, Filosofia e Religião - 1888. Vol. 1. Consmogênese. São Paul: Ed. Pensamento, 1969.

rimentados por corposmídias, há controvérsias. Mesmo a pretensão científica de desenvolver padrões universais e estáveis, quantificáveis, com a intenção de descartar a subjetividade dos experimentos, vive a mudar de conclusão. Entretanto, sobre as experiências ocorridas em meu corpo, há controvérsias? Sei o que realizei, mas estou sedado pelo muro das ilusões reais. Por mais que minhas crenças limitantes reduzam meu potencial de alquimia da matéria, posso narrar experiências subjetivas que fogem da realidade física naturalizada pelas mídias e Newton. Os meus sentidos e sentimentos são delírios objetivos, assim como toda ilusão racional e materialista.

Na celeuma da vozearia dos marinheiros do mar de *Maya*, sou uma voz, amplamente limitada ao meu olhar. Tenho experiências subjetivas, específicas, localizadas no espaço-tempo. Por que são importantes?

REFERÊNCIAS BIBLIOGRÁFICAS

60 MINUTES Australia. **Woman with 2,500 personalities says they saved her from shocking child abuse**. Youtube: 60 minutes Australia, 2019. Disponível em: https://www.youtube.com/watch?v=lsXFcbPbvI4. Acesso em: 16 nov. 2020.

ACRYLIC, System; AETHER, System. **OUR INNER WORLD!! | Describing What's in Our Head**. Youtube: Acrylic And Aether, 2019. Disponível em: https://www.youtube.com/watch?v=H7xqobKSCSg&t=438s. Acesso em: 15 nov. 2020.

ALENCAR, Luis Carlos. **Bombadeira**. Documentário longa-metragem (76 min). Singra Produções, 2007.

BATAILLE, Georges. O Ânus Solar - 1931. In: ASSÍRIO e ALVIM. **O Ânus Solar (e outros textos do sol)**. Lisboa: Assírio & Alvim, 2007. p.45-52.

BBC News. '**Blob**': o que é a misteriosa criatura com 720 sexos e sem cérebro. BBC News, 2019. Disponível em: https://www.bbc.com/portuguese/geral-50094773. Acesso em: 18 out 2020.

BILHAR, David *et al*. A systematic review of the neuroanatomy of dissociative identity disorder. In: **European Journal of Trauma & Dissociation 4**. França: Elsevier Masson SAS, 2020.

BLAVATSKY, Helena. **A doutrina secreta**: síntese da Ciência, Filosofia e Religião - 1888. Vol. 1. Consmogênese. São Paul: Ed. Pensamento, 1969.

BORGES, José Luis. A biblioteca de babel -1941. In: **Ficções**. São Paulo: Companhia das letras, 2007.

BRANT, Sebastian. "A Nau dos loucos" (**Das Narrenschiff**) - 1499. Pintura. Disponível em: https://commons.wikimedia.org/wiki/File:Narrenschiff_(Brant)_1499_pic_0001.jpg. Acesso em: 13 dez. 2020.

CAZUZA; FREJAT, Roberto. Pro dia nascer feliz. In: **álbum Barão Vermelho 2**. Rio de Janeiro: Som livre, 1983. Música (4 min e 27 seg).

CHIANG, Ted. **História da sua vida e outros contos**. Rio de Janeiro: Editora Intrinseca, 2016.

CYSNEIROS, Adriano B. **Da transgressão confinada às novas possibilidades de subjetivação**: resgate e atualização do legado Dzi a partir do documentário

"**Dzi Croquettes**". Orientador: Djalma Thürler. 2014. 114 f. Tese (Doutorado em Cultura e Sociedade) – Instituto de Humanidades, Artes e Ciências. Universidade Federal da Bahia, Salvador, 2014

FOUCAULT, Michel. **História da loucura na idade clássica** - 1972. Tradução: José Teixeira Coelho Netto. São Paulo: Editora Perspectiva, 1978.

GOMES, Gustavo Laet. **A química atomista de Leucipo e Demócrito no tratado** *Sobre a geração e a corrupção* **de Aristóteles**. 2018. 266 f. Dissertação (mestrado) - Faculdade de Filosofia e Ciências Humanas, Universidade Federal de Minas Gerais, MG, Brasil, 2018.

GUATTARI, Félix. **Caosmose**: um novo paradigma estético. São Paulo: Ed. 34, 1992.

GUEDES, Cíntia. **Desejos desviantes e imagem cinematográfica**. Orientador: Leandro Colling. 2015. Dissertação (Mestrado em Cultura e Sociedade) – Instituto de Humanidades, Artes e Ciências. Universidade Federal da Bahia, Salvador, 2015.

HORTA, Mauricio. **4 é demais**: as pessoas que amputados por opção. Super Interessante. Abr. 2011. Disponível em: https://super.abril.com.br/ciencia/amputados-por-opcao-4-e-demais/. Acesso em: 27 nov. 2014.

JUNG, Carl Gustav. **Os arquétipos e o inconsciente coletivo** – 1976. Tradução Maria Luíza Appy, Dora Mariana R. Ferreira da Silva. 2ª edição. Petrópolis, RJ: Editora Vozes, 2002.

KEYES, Ken Jr. **O centésimo macaco**. São Paulo: Ed. Pensamento, 1990.

KOSTUCH, Lucyna; WOJCIECHOWSKA, Beata; KONARSKA-ZIMNICKA, Sylwia. Ancient and Medieval Animals and Self-recognition: Observations from Early European Sources. **Early Science and Medicine**, v. 24, n. 2, p. 117-141, 2019.

LACAN, Jacques. **Escritos** - 1966. Trad. de Vera Ribeiro. Rio de Janeiro: Jorge Zahar Editor, 1998.

LACAN, Jacques. **O Seminário** – Livro 2 – O eu na teoria de Freud (1953-1954). Rio de Janeiro: Jorge Zahar Ed, 1986.

LEMEBEL, Pedro. **Manifiesto (Hablo por mi diferencia)**. 1986. Disponível em: http://lemebel.blogspot.com.br/2005/11/manifiesto-hablo-por-mi-diferencia.html. Acesso em: 30 set. 2017.

LEVY, Pierre. **O que é o virtual?** São Paulo: Editora 34 Ltda, 1996.

LEWIS, AMINI, LANNON. **A general theory of love**. Nova Iorque: Random House, 2000.

MAIA, Helder Thiago. **Devir darkroom e a literatura Hispano-Americana**. Editora Multifoco, 1º ed., Rio de Janeiro: 2014.

MAO, Francis. **A mulher que criou 2,5 mil personalidades para sobreviver a abusos do próprio pai**. Website. Sydney: BBC News, 2019. Disponível em: https://www.bbc.com/portuguese/geral-49610088. Acesso em: 16 nov. 2020.

MARSHALL, Justin; ARIKAWA, Kentaro. Unconvencional colour vision. In: **Current Biology**, vol. 24, 2014. Disponível em: https://www.sciencedirect.com/science/article/pii/S0960982214013013. Acesso em: 14 set. 2017.

MCLUHAN, Marshall. **Os meios de comunicação como extensões do homem** (Understanding Media) - 1964. Trad. Décio Pignatari, São Paulo: Editora Cultrix, 1969.

MERLEAU-PONTY, Maurice. **Fenomenologia da percepção** - 1945. Tradução de Carlos Alberto Ribeiro de Moura. 2ª edição. São Paulo: Editora Martins Fontes, 1999.

MOOJI. **Imperdível**: Mooji, eu só quero saber quem eu sou. Youtube: Moojiji, 2020. Disponível em: https://www.youtube.com/watch?v=ZrTWZ8i2QjE. Acesso em: 30 out. 2020.

MORIN, Edgard *apud* LECOMPTE, Francis. As certezas são uma ilusão. In: **Fronteiras do Pensamento**, 2020. Website. Disponível em: https://www.fronteiras.com/entrevistas/edgar-morin-as-certezas-sao-uma-ilusao. Acesso em: 20 ago. 2020.

MULLER, Henrique Reichmann; PRADO, Karin Braun. Epigenética: um novo campo da genética. **Rubs**, v. 1, n. 3, p. 61-69, 2008.

NOBLE, Kim. **About** [20-?]. Website. Disponível em: https://www.kimnobleartist.com. Acesso em: 18 nov. 2020.

OLIVEIRA, André Jorge. Pesquisadores comprovam existência de matéria escura na região central da Via Láctea. In: **Revista Galileu**, 2015. Website. Disponível em: https://revistagalileu.globo.com/Ciencia/Espaco/noticia/2015/02/pesquisadores-comprovam--existencia-de-materia-escura-na-regiao-central-da-lactea.html. Acesso em: 10 set. 2020.

PRIBRAM, Karl H. **The form within**: My point of view. Westport: Prospecta Press, 2013.

SHELDRAKE, Rupert. **A ressonância mórfica e a presença do passado**. Lisboa: Instituto Piaget, 2009.

SHELDRAKE, Rupert. **Part I**: Mind, memory, and archetype: Morphic resonance and the collective unconscious. Psychological Perspectives, 1987.

VELOSO, Caetano. Sampa. In: **Muito (Dentro da Estrela Azulada)**. Phillips (CBD), 1978. 1 CD.

VERGUEIRO, Viviane. **Por inflexões decoloniais de corpos e identidades de gênero inconformes**: uma análise autoetnográfica da cisgeneridade como normatividade. 2015. 244f. Dissertação (Mestrado em Cultura e Sociedade) – Programa Multidisciplinar de Pós-Graduação em Cultura e Sociedade, Instituto de Humanidades, Artes e Ciências Professor Milton Santos, Universidade Federal da Bahia, Salvador, BA, Brasil, 2015.

WATERS, Roger. Another brick in the wall. In: **The wall** - Pink Floyd. Estados Unidos, Inglaterra: Harvest Records, Columbia Records/Capitol Records, 1979. Música (8 min e 24 seg).

WATERS, Roger; GILMOUR, David. Wish you were here. In: **Wish you were here** - Pink Floyd. Estados Unidos, Inglaterra: Harvest, EMI, Columbia, CBS, 1975. Música (44 min e 28 seg).

YOGANANDA, Paramahansa. **Autobiografia de um Iogue** - 1946. Los Angeles, California, EUA: Self-realization fellowship, 2013.

YUKA, Marcelo. Minha alma (a paz que eu não quero sentir). In: **Álbum Lado B, lado A** – Banda O Rappa. Rio de janeiro: Warner Music, 1999. Música (5 min e 2 seg).

ZIELINSKI, Siegfried. [... **After the Media**] *News from the* **Slow-fading Twentieth Century**. Minneapolis: Univocal, 2013.

- editoraletramento
- editoraletramento.com.br
- editoraletramento
- company/grupoeditorialletramento
- grupoletramento
- contato@editoraletramento.com.br

- editoracasadodireito.com
- casadodireitoed
- casadodireito